高明／著

高明文学艺术评论集

美在其中

山东教育出版社

图书在版编目（CIP）数据

美在其中：高明文学艺术评论集 / 高明著 . —济南：
山东教育出版社，2017

ISBN 978-7-5701-0040-8

Ⅰ . ①美… Ⅱ . ①高… Ⅲ . ①文艺评论—中国—当
代—文集 Ⅳ . ① I206.7-53

中国版本图书馆 CIP 数据核字（2017）第 310438 号

美在其中

——高明文学艺术评论集

高明 著

主　管：山东出版传媒股份有限公司
出版者：山东教育出版社
　　　　（济南市纬一路321号　邮编：250001）
电　话：(0531)82092664　传真：(0531)82092625
网　址：www.sjs.com.cn
发行者：山东教育出版社
印　刷：山东临沂新华印刷物流集团有限责任公司
版　次：2018年1月第1版　　2018年1月第1次印刷
规　格：710mm×1000mm　16开本
印　张：11.75
印　数：1-1500
字　数：153千字
书　号：ISBN 978-7-5701-0040-8
定　价：42.00元

序

Preface

精神家园如此瑰丽

孔子曰："君子以文会友，以友辅仁。"文朋诗友相聚，谈古论今，品诗赏文，悠然自得，乃人生一大乐事。与高明相交于文字，已有三十余载，虽多是天各一方，但友情淡而绵长。每逢相聚，品茶论道之时，高明总是谈笑风生，妙语连珠，吟诗作赋，其乐融融，使人顿生美之享受。

作为同龄人，历人世沧桑，已从"青涩"步入"耳顺"，在"回望"中感慨良多。在笔者的眼中，高明支撑起多元的社会角色：幼年时代受益于书香门第的浸润，青春旺季经历车间和从戎的淬炼，壮年岁月体验仕途生活的斑斓……一路风光铺展，一路步履矫健，一路洒脱超然，阅历、视野、情愫使他积淀起丰厚的文化素养。令常人惊异的是，高明却有"凤凰翔于诸林，非梧不栖"的执着，在多元社会角色的转换中，其价值取向则是对文学的钟情，并痴心不移，矢志不渝。在繁忙事务间隙，勤于笔耕，文如泉涌，以心与魂、力与情孕育出《沂蒙山的回响》《回望沂蒙》《那年，放电影》《那年，看电影》《沂蒙采风》《蒙山沂水的歌者》《亲情沂蒙》《渊子崖壮歌》等多部文学作品。在吟咏徐行中，不断登上新高地，闯入新境界，多次摘得全国文学大奖的桂冠。

有人说，他根植于沂蒙厚土，不断进行着有滋有味地吟唱；有人道，他穿越浮尘，徜徉在广阔的时空，倾心于"文以载道"的耕耘；有人赞赏，他"独上高楼"，以热恋与虔诚，用文字挥洒着"望尽天涯路"的旷达；有人则说他是杂家，作家、评论家、词作家、教授等各种头衔集于一身。在笔者的眼中，他只是一位被激情与哲思燃烧的作家，进入痴迷状态，以文墨精心构筑独有的精神家园。

"蒙山巍峙，毓秀钟灵；沂水苍茫，景胜风暖。"高明总是把审美的触角探入"生于斯，长于斯"的蒙山沂水。巍峨孟良崮，恬静竹泉村，陡峭云蒙顶；砚池书院，五贤圣迹，红色血脉；古往今来，先贤厚德，民俗乡音……或铺陈，或抒情；或阐理，或言志；或高歌，或低吟；主客体形象水乳融合，迸发出富有高度、深度、厚度、温度的情思之美。一篇篇作品，有的飞扬洒脱，有的空灵飘逸，有的婉约妩媚，有的精致清丽，有的温文敦厚，景与情、事与理融通，可谓文情并茂。

"族继伏羲东夷，地乃海岱腹心，城若龟驮凤凰"，一篇发表在《光明日报》上的《临沂赋》，读之见"沂蒙如此多娇"，品之悟"厚土这般神圣"，可谓经典代表之作。"雄哉，壮哉，伟哉，圣哉，美哉"，一咏三叹，描景状物，气韵灵动，意象超然；"天宝灵光，圣水映象"，叙史说今，情韵深致，理意透辟；"秀水绕门蓝作带，雀山可户翠当屏"，想象奇诡，状物传神，造境深邃，达到诗情画意与议论理趣的完美统一。笔法承汉赋之风，吸唐语之乳，用词工稳而典雅，参差疏落之中整饬之致，既有传统赋体的特质，又有当代文法的洒脱。

"以文常会友，唯德自成邻。"捧读高明这部名为《美在其中》的文学评论集，可见其交游的广泛，有官员、将军，也有书法家、作家、歌唱家、画家。人居天南地北，年分长幼高低，他们以文交心结友，彼此在吟词作赋、挥毫泼墨、谈笑鸿儒中，精神相融。而高明的评论视角独特，总是在关注"心灵"深处的情思，对作品的思想内容、人物形象、艺术技巧、语言特色等方面，精辟评判，深阐内涵，从而引发人们对文化、社会、人生的深层思考，给人以诸多启迪。与其说是高明在评论别人的作品，不如说是他自我思想、情怀的广度释放。人活世间，非痴迷难以成事，而痴迷者在现实生活中，常被视为"异类"，而社会各界巅峰人物，无不是个"痴迷""癫狂"者。高明的高明之处在于"进入淡出皆自如"。在现实生活中，他把控得当，运筹自如，踏踏实实，真真切切；在文学创作之时，他又如痴如醉，"癫狂"有加，可谓"上之上者也"。

行之难，难在路长步阔而不止；人之贵，贵在初心历时愈坚实。孔子曰："六十而耳顺"，步入耳顺之年，多是享受"看花开花落"的闲适，品味"望云卷云舒"的悠然。而步入"耳顺之年"的高明，依然笔耕不止，在"淡定与从容"中多了凝稳，添了深邃。他不是"窗前静观花鸟，山间闲看流水"，而是不断清点精神的行囊，以更多的时间和精力还原"非梧不栖"的本色，不断在文学创作之路上前行。伴随他的不再是先人的"古道、西风、瘦马"，而是当今的"路宽、热风、潮阔"，文字超越"青涩"承载起厚重，流淌出哲思，彰显出洒脱。在他以苦心与匠意构筑的精神家园里，他的创作不断生发出蓬勃向上的精神力量。

在茫茫人世，真正永恒的是什么？是精神！真正不朽的是什么？是灵魂！由此可见精神家园的神圣与珍贵。细细品读高明的这部评论新集，再次闯入他构筑的精神家园，徜徉在由精辟文字与浓厚生活、浓郁情感与深邃思想交织融合的境界，顿时生发出"景奇、境高，情热、思深"的美之享受。笔者不禁感慨系之，不揣冒昧，不顾浅陋，形成此文。是为序。

邢兆远

2017年11月16日

（作者系光明日报社高级记者，新闻传播和文化创意专家，散文作家。）

目录
Contents

文论时评

序言和跋

艺术欣赏

文论时评

大爱情深

——读吴官正①书记《沂河之滨》有感

三九隆冬，吴官正书记冒严寒深入沂蒙老区调研。他漫步沂河举目巡视，沂河冰莹如玉带绕城，两岸开发，楼宇林立，大美沂蒙，锦绣妖娆。故地重游，今非昔比。官正书记感慨万千，文思如潮，饱含深情地写下了《沂河之滨》，纵古论今，洋洋洒洒；掇精畅神，大气磅礴；既流出了文心之情，也流出了政象之美。读后，感温暖亲切，如高山仰止，如春风拂面，如花香扑鼻，如清茶透绿，沁人心脾，回味无穷。

官正书记主政山东时，曾多次视察临沂，亲身体会到改革开放后临沂的日新月异；他熟悉临沂的人文历史、政风民情，并对临沂有独到的真知灼见。官正书记到中央工作后，依然情系沂蒙，关心"大临沂、新临沂"的发展，多次出席临沂在京举办的活动，对临沂人民有大爱之情。

《沂河之滨》，黄钟大吕，文采激扬，集政治思想、经济社科、哲学文化于一文。笔及千古，文思万象，真情地倾诉了沂蒙之恋、沂河之美、亲民之情。文章构思新颖，视角独特，以与沂河对话的巧妙方式全面展示了水城文韬武略的丰厚历史，潜心开掘沂蒙精神；珠玑般的每一个字都充满了强

---

① 吴官正，江西余干人，曾任江西省委书记、中共中央政治局委员、山东省委书记、中共中央政治局常委、中央纪律检查委员会书记。

烈的震撼。来到沂蒙红嫂广场，官正书记赞叹动天感地的沂蒙人民，爱党爱军；徜徉滨河大道，欣慰群众健身、休闲、宜居的盛世和谐景象。他用诗一样灵动的语言，把对历史和现实的诸多感受，全部激情盎然地融入字里行间。他用波澜壮阔的意境，书写临沂人民的精神图谱；以豪迈精彩的词句，描绘革命老区的时代巨变。他用如椽之笔，把沂河建设融入临沂厚重的历史与现实之中，提炼、升华与展现出恢宏大气又绚丽斑斓的诗逸画卷。

官正书记集政治家、思想家、文学家于一身，才情横溢，文笔优美。他的散文不同于俞平伯的缜密，不同于朱自清的清幽，也不同于冰心的飘逸，更不同于周作人的隽永。他立意高远，品位高洁，艺术风格独特。

上善若水。河流是人类文明的脉源，临沂因水而生，"人水相亲，城河相依"。官正书记笔下的《沂河之滨》，艺术风格雄伟，整篇语言朴素厚重，感情真挚深沉。首先，他把沂河自然美与临沂生活美融为一体，通过栩栩如生、呼之欲出的沂河自然美的艺术形象，表现出临沂社会美的内容，这是对自然与社会生活中美的概括与升华。其次，叙事生动，亲切细腻，描写与议论结合，情感与景物相生，恰到好处地浸润了不少感叹和赞美，实现了叙事、议论和抒情的美。"临沂人民，在沂河的治理上做到了科学规划，综合开发，有效管理，人与自然、人与人、城市与文化达到了相当程度的和谐。"这些文采激扬的词句，气势雄浑的开阔画面，令人心气豪爽，精神奋发。最后，立意深远，品位纯粹。其好似借景抒情，以情咏志，实则还强调了政道、文道和人道，弘扬了沂蒙红色文化，在文学、社会科学和哲学等方面都有所折射，从而提高精神境界，升华志趣情操，也为我们反思和追问留下了广阔的空间，对我们当今社会环境下寻找人生目标和实现自我价值无不具有积极的教育作用。

银河碧透凝高洁，凤凰展翅迎春风。官正书记以其崇高壮美的情感思想，遒劲雄伟的政治艺术，正确评议临沂市委市政府的科学决策、开拓创新，高度赞扬沂蒙人民艰苦创业，奋发拼搏。字句间笔力千钧，意境超拔，有一种万象新颜的蓬勃朝气。每每读之，遍觉得眼界开朗，心胸广阔，让人为之赞叹。可以说，《沂河之滨》不仅仅是一幅壮丽的沂蒙精神画卷，也是一首临沂人民的创业史诗，更是一篇中央领导同志为人民幸福而喜悦的心语……

　　文章处处体现出官正书记求真务实的工作作风，是对临沂工作的全面指导和充分肯定。文章结构严谨，谋篇布局大气，气势磅礴，紧扣沂河两岸的发展和变化，以优美的语言勾画出临沂近几年来经济社会的快速发展与全面进步。

　　文章把官正书记对沂蒙的深情酣畅淋漓地展现出来，抓住沂蒙之恋、沂河之美、沂蒙之情对他心灵的冲击，以一排又一排美文的涌浪，思接千古，筚路蓝缕，哲理当今，在厚重的文字中，与社会、与自然、与人生、与灵魂……风云际会。文章充分体现了他的博学多识和厚重底蕴，展示了他大的胸怀、大的境界、大的视野、大的才华和对沂蒙的大感情，对我们构建社会主义核心价值体系有着积极和重要的教育启迪作用，是一部非常值得阅读的优秀美文。沂蒙人民永不忘！

作于2010年7月13日

（《沂河之滨》原载吴官正同志2013年出版的文集《闲来笔谈》）

伟哉！沂蒙精神

巍巍蒙山，绵延八百里，滔滔沂水，奔流千万年。

人总是要有一点精神的。一方热土，一座城市，一个地区，也能够培育出体现当地人民先进群体素质的革命精神，这就是发源于沂蒙老区，成长于齐鲁大地，被人们称颂的沂蒙精神。

一

"爱党爱军，开拓奋进，艰苦创业，无私奉献"的沂蒙精神，是伟大民族精神在革命战争时期的体现和升华，是我们党和国家的宝贵精神财富。

沂蒙精神集中展示了沂蒙人民立场坚定、追求执着的政治信仰，开拓奋进的、敢为人先的思想意识，艰苦奋斗、自强不息的精神风貌，顾全大局、勇于奉献的价值观念。

人类孕育了文化，而文化又重塑着人类。人生活在什么样的文化氛围之中，就会被塑造成什么样的社会人。正是其鲜明的历史性、地域性和先进性的特质，成就了沂蒙精神的光辉灿烂和无上荣光。

二

临沂位于山东省东南部，因濒临沂水而得名。北枕齐长城，南襟苏北地，融吴越文化，得燕赵精华，仁浸乡风，爱润民情，东夷文化在这里发轫，齐鲁文化在这里融合。

几千年的文明进步，在斗转星移间，沂蒙闪过《孙子兵法》《孙膑兵法》的智慧之光，承载过王羲之、颜真卿的笔走龙蛇，养育了"鞠躬尽瘁，死而后已"的诸葛孔明等诸多至圣先贤。

忠于祖国，舍生取义，崇文尚武，自强不息。特殊的人文环境和地理环境，造就了沂蒙人追求真理、坚韧不拔的禀性，形成了面对艰难险阻而意志坚强、百折不挠的精神风貌和性格特征。

沂蒙大地灿烂的文化对生于斯、长于斯的沂蒙人民来讲，无疑产生了潜移默化的作用和影响。

三

近代百年，风雨如晦。峥嵘岁月，面对帝国主义、封建主义、官僚资本主义的反动统治，为了民族独立和人民解放，不屈不挠的沂蒙人民高举正义的大旗，进行了长期艰苦卓绝的斗争。

1938年初，台儿庄血战，阻击危艰，两万日军进犯，临沂人民倾城支前，英勇激战，歼敌六千；城陷之日，血流成河，惨烈悲壮。

1939年3月，中共中央决定派遣八路军115师东进山东，先后发动了泰西、抱犊崮、郯城码头等战役，给日军以重创。9月，这支英雄的部队进驻沂蒙，为沂蒙根据地的建立、发展、壮大起到了重要的奠基作用。

徐向前、罗荣桓、陈毅先后率部转战沂蒙，亮剑撼山岳，挥戈震河川。

"云水苍苍，沭水泱泱，烈士之风，山高水长。"这是撰写在渊子崖抗日自卫战纪念碑上的一句碑文。

渊子崖抗日自卫战是我国抗战史上最著名、最惨烈的一个村庄抗击日寇的血战。1941年12月，莒南县渊子崖1000多名村民同仇敌忾，大义凛然，男女老少齐上阵，与日寇殊死搏斗，以牺牲147人为代价，毙死日寇120余人。

渊子崖抗日自卫战充分展现了中国人民不畏强暴、不怕牺牲、勇于战斗的革命气概，打出了沂蒙人民的凛凛正气、赫赫威风，谱写了一曲惊天地、泣鬼神的英雄赞歌。

一切为了前线，一切为了战争的胜利。"一口饭，做军粮，一块布，做军装，最后一个儿子，送战场。"沂蒙人民全力支前，爱党爱军，豪情天纵。独轮车铁流滚滚，担架队浩浩荡荡。

在枪林弹雨的战斗中，在敌我厮杀的阵地上，由沂蒙民工组成的担架队，英勇顽强，冒死抢救伤员。

天冷时，为了减轻伤员的痛苦，许多民工宁愿自己挨冻，也要把自己的被子给伤员垫在身下，把自己的棉袄盖在伤员身上。

天热时，他们就在担架上面搭棚给伤员遮凉，用自己吃饭的小瓢给伤员接屎接尿；遇到敌机轰炸扫射，他们就竞相掩护伤员，宁肯自己牺牲，也不使伤员再次受伤。

电影《战争让女人走开》使"战争让女人走开"成为一句名言。可当人们翻阅厚重的历史记载时，却吃惊地发现，战争没有让女人走开。在革命战争年代，沂蒙山的妇女呈现给我们的是一幅巨大、斑斓且壮美的画卷，她们像蒙山一样巍峨雄伟，充溢着阳刚之气；她们像沂水一样妩媚动人，洋溢着温柔之情。

抗战初期，"沂蒙母亲"王换于多次冒着生命危险救助伤员，掩护干部，掩藏革命文件。她办起地下托儿所，抚养了50多位将帅子女和烈士遗孤。

在极其艰苦的生活条件下，王换于动员两个儿媳把奶水全部喂给烈士子女，自己的两个孙子却因缺奶水而夭折。她对儿媳说："烈士的子女如果饿死了，烈士就会绝后，我们绝不能愧对烈士啊！"

1941年冬，大批日伪军包围了驻沂南县马牧池的八路军山东纵队司令部。八路军小战士庄新民在反"扫荡"突围中身负重伤，被明德英机智救下。明德英见伤员失血过多，缺水休克，情急之中，正在哺乳期的她不顾羞报，毅然解开衣襟，将甘甜洁白的乳汁滴进战士干裂的口中……

乳汁，是伟大母爱的象征。用乳汁救伤员，这在人类战争史上是少有的。沂蒙人民以宽阔的胸怀，谱写了一曲曲人世间的圣洁之歌。

青山不老，绿水长流。战争这个雕塑大师把沂蒙山雕塑得更加凝重、庄严、显赫；正义战争这一凝视人类心灵的窗口，又把沂蒙妇女的大爱、崇高，展现到了极致。

1947年5月，孟良崮战役打响。男人都上前线了。蒙阴县烟庄村"沂蒙六姐妹"毅然挑起村长的重担，组织乡亲们短时间内为部队烙煎饼5万斤，筹集马草料3万斤，洗军衣8500件，做军鞋500双，送弹药、救伤员不计其数。

据不完全统计，仅抗战期间，沂蒙老区有15.5万名妇女先后以不同方式掩护了9.4万余名革命军人和抗日志士，4.2万余名妇女参加了救护八路军伤病员的工作，共救护伤员1.9万余人，这些善良普通的农村妇女，用自己的方式表达了对党、对人民军队的无比热爱。

为有牺牲多壮志，敢教日月换新天。为中国革命的胜利，沂蒙人民付出了巨大的牺牲。当时，沂蒙革命老区420万人口，有120多万百姓拥军支前，20多万热血男儿参军作战，10多万将士为国捐躯。

陈毅元帅曾深情慨叹："我就是躺在棺材里也忘不了沂蒙山人，是他们用小米供养了革命，用小车把革命推过了长江！"

在长期的革命战争中，沂蒙一直是山东和华东党政军首脑机关驻扎地。全国最早的省级党报《大众日报》在这里创刊；最早的省级新华社山东分社在这里创办；《沂蒙山小调》《跟着共产党走》等脍炙人口的经典歌曲在这里诞生。

历史充分证明，无论是抗日战争，还是解放战争，沂蒙山区都是全国著名的革命根据地之一，是打击日本侵略者和国民党反动派的主战场。

革命战争年代，蒙山沂水养育出人民解放军两大野战主力部队。近百万将士在这里转战，并从这里奔赴解放全中国的战场。

在1955年至1965年授衔的中华人民共和国将帅中，有3位元帅、2位大将、13位上将、64位中将和349位少将在沂蒙生活过、战斗过，约占总数的三分之一。

在这种特定的政治氛围和历史条件下，在艰苦卓绝的血与火的战争洗礼中，在中国共产党的领导下，山东党政军民共同熔铸和培育了伟大的沂蒙精神。

四

翻身道情，唯我临沂。1949年初，为帮助建设华东革命烈士陵园，在战争时期付出巨大牺牲、刚刚翻身做了主人的沂蒙人民再次行动起来，捐祖坟之碑，献老屋之檩，为英烈修陵建园。

中华人民共和国成立后，沂蒙人民继续发扬战争年代的革命精神，积极响应党中央的号召，自力更生，艰苦奋斗，为建设社会主义创造了许多新的成就。

为落实党中央、毛泽东主席"一定要把淮河修好"的伟大号召，为根治多年的淮河水患，百万沂蒙儿女，忍饥冒寒，为营造江淮福祉，迁库民40万人。无私奉献，敢为天下先。

毛泽东主席亲自题词："愚公移山，改造中国，厉家寨是个好例。"五岳惊闻声名，大地飞歌传颂。沂蒙精神，光芒绽放。

三年困难时期，到处闹饥荒，国家需要粮食。沂蒙人民勒紧腰带，吃糠咽菜，省下粮食卖给国家。同时，按照国家的要求，把鲁北6万农民弟兄接到山区进行妥善安置，奏响了一曲沂蒙儿女感人肺腑、荡气回肠的大爱大义赞歌。

重整家园，沂蒙人民不等不靠，自力更生，铁骨铮铮，战天斗地。

1965年3月14日《人民日报》在一版头条发表了题为《改造山山低头，改造河河变样，改造地地增产——临沂人民发扬革命精神顽强不懈地征服自然》的文章。

文章载："八年间改造了三千多个山头，十多条河流，七百万亩坏地，每个农民有了一亩可靠农田。经过不断试验，找到了改造涝洼地的重要途径，水稻面积由两万多亩扩大到九十多万亩。"

文章配评论大篇幅宣传报道了沂蒙人民不怕困难、艰苦创业、可歌可泣的光辉业绩。

五

改革开放，百业欣兴。千万沂蒙儿女，解放思想，干事创业，自强不息。科技立市，工促农，城带乡，林茂粮丰奔小康。

党中央、国务院对沂蒙老区的发展和人民的生活十分关心。党和国家领导人多次到沂蒙老区走访慰问，帮助解决困难，勉励老区人民继承光荣传统，发扬沂蒙精神，艰苦创业，治穷致富。

1990年4月，泉城春意盎然，百花争艳。10日至14日，临沂沂蒙精神报告团先后在济南做了7场报告，听众近8000人，引起了强烈反响，第一次使沂蒙精神在全省产生了广泛的影响。

邓小平同志对沂蒙老区的发展十分关注，1990年底，他为临沂亲笔题词——"光照千秋"，充分肯定沂蒙为中国革命和建设做出的巨大贡献。

1992年7月28日至29日，江泽民同志冒着高温酷暑，来临沂视察，并欣然题词："弘扬沂蒙精神，振兴临沂经济。"这给沂蒙人民极大的鼓舞。

向贫困宣战，1995年底，沂蒙山区在全国18个连片贫困地区中率先实现整体脱贫，在全国引起巨大反响。

1999年1月7日至9日，胡锦涛同志怀着对沂蒙人民的无限深情，不顾寒风侵袭，来临沂走访慰问党员、干部、群众，十分关心沂蒙老区的经济发展。

胡锦涛在考察中指出，临沂是革命老区，在长期的革命岁月里，临沂人民为中国革命事业的胜利创立了光辉的业绩，做出了巨大的贡献。中华人民共和国成立后，临沂人民为改变贫穷落后的面貌进行了不懈的努力。改革开放以来，把发扬革命传统同弘扬时代精神结合起来，形成了具有时代特征的沂蒙精神。

胡锦涛对临沂工作的充分肯定和对临沂人民的极大鼓励，始终激励着临沂人民为建设富裕美丽的大临沂、新临沂而开拓奋进、不懈奋斗。

2000年，临沂与全省、全国同步基本实现了小康；2003年，临沂人均生产总值与全国同步实现1000美元；2004年，临沂成为全国首个生产总值过千亿、人均过万元的革命老区城市。

这充分体现了沂蒙人民敢于创新、敢为人先的精神风貌，谱写了沂蒙精神的新篇章。

2005年8月16日至25日，由中宣部统一组织，山东省和临沂市联合在北京国家博物馆举办了"沂蒙精神大型展览"。

展览以沂蒙精神为主线，通过80多件革命历史文物和200多幅珍贵图片，回忆激情燃烧的岁月，再现昔日的烽火硝烟，展示今日的老区魅力，诠释沂蒙精神的深刻内涵。展期10天，观众突破了18万人次，这次展览获得了巨大的成功。沂蒙精神轰动京城，感动中国。

展览期间，吴官正、李长春、刘云山等中央领导和宋平、姜春云、迟浩田等老领导观看了展览，给予了高度评价。

2006年七一前夕，临沂市委市政府举办了"沂蒙精神大型展览"复展。截至目前，全国各地干部群众慕名前来参观的已达80多万人次。临沂已成为开展爱国主义和革命传统教育、建设社会主义核心价值体系的重要基地。

六

开拓创新，科学发展，临沂市委市政府绘宏图于盛世，立伟业于当今，大建设解民忧，大发展顺民情，强力崛起大临沂、新临沂。

"沂蒙精神永远是我们的传家宝，我们要进一步弘扬沂蒙精神，使其始终与时俱进，不断发扬光大，成为推动临沂经济社会发展的强大精神动力。"临沂市委书记张少军说。

近年来，凡是到临沂进行过认真考察的同志无不深深感受到沂蒙人民对党、对国家、对人民军队的无比热爱的深厚感情，无不被沂蒙人民崇高的精神深深感动，无不被沂蒙所发生的翻天覆地的变化深深震撼。

初到临沂的人们都会叹为观止，古老与现代、历史与未来、想象与现实在这里交会，犹如一场盛大的时空幻化魔术，给人一种全新的认识和感受。

"水和商是临沂城市的两大特色，抓住了水城建设，城市就会更有灵气；抓住了商城建设，就会有力促进人流、物流、信息流。"临沂市长张务锋如是说。

去年9月，包括阿里巴巴董事局主席马云在内的10万国内外客商云集临沂，参加中国（临沂）市场贸易博览会。马云在演讲中感慨地讲，看了临沂非常崇拜，临沂创造的是中国的奇迹，更是世界的奇迹，真没想到革命老区临沂这么美，真没想到临沂商城这么大，真没想到临沂物流做得这么好。

著名文化学者于丹来临沂讲课，在游览临沂市容后，深有体会地说："我去过全国很多城市，认为南方的城市洋气不大气，北方的城市大气不洋气，但临沂却是既大气又洋气。"

《大众日报》发表评论："大美临沂"以其独具个性的"城市名片"，体现大思路与高效率统一的"临沂速度"，充满实践创新与理性价值的"临沂模式"，聚集着全省、全国甚至世界的目光。

2009年，临沂被国家统计局评为中华人民共和国成立60周年60个"中国城市发展代表"城市之一。2010年，在全国文明城市公共文明指数测评中，临沂荣获全国地级市第一名。在今年中科院发布的294个城市幸福感调查中，临沂市排在全国第二。

如今的临沂，商贸物流业已成为支柱产业。临沂这样一个后发城市为什么能够成为闻名中外的市场名城？临沂人说，我们靠的是沂蒙精神，靠的是勤劳善良、诚实守信的理念。

七

庆祝中华人民共和国成立60周年，临沂有5人被评为全国"双百"人物，有13人入选山东省"百位"英模人物。2010年，临沂又有14位好人荣登"中国好人榜"。上榜人数在全国地级市中位居首位。他们集中代表了孝老爱亲、敬业奉献、见义勇为、诚实守信、助人为乐等好人群体，展现了临沂人的时代风采。

今年6月1日，临沂见义勇为的出租车司机、平民英雄李学国在沂河为救落水的河南人英勇献身，演绎了一曲新时期与时俱进的沂蒙精神的颂歌。

无论时代风云如何变幻，发展环境如何变幻，与时俱进、开拓创新始终是贯穿沂蒙精神的一条主线。临沂正是在坚守与变革、继承与创新的有机统一中，使沂蒙精神与以爱国主义为核心的民族精神和以改革创新为核心的时代精神既一脉相承又融合发展。

建党90周年前夕，李长春同志来临沂调研，对临沂市经济社会发展取得的巨大成就给予了充分肯定，对临沂文化体制改革的成果和文化事业、产业的发展给予了高度赞扬，对沂蒙精神做出了新的概括。

他指出："沂蒙精神是伟大民族精神在革命战争时期的展现和升华，也是中国共产党领导全国各族人民在革命战争时期创造的光辉精神财富，是山东经济社会发展呈现良好局面的真谛所在，与井冈山精神、长征精神、延安精神、西柏坡精神一样，都是我们的宝贵精神财富。"

他强调："要进一步加强沂蒙精神的宣传，把沂蒙精神与以改革创新为核心的时代精神紧密结合起来，赋予它新的使命和时代内涵，使之代代传承，发扬光大，成为推进全面建设小康社会的强大精神力量。"

李长春同志的论述，为我们在新的历史条件下，深入学习研究和宣传沂蒙精神指明了方向，为我们进一步弘扬沂蒙精神、推进社会主义核心价值体系建设提供了思想指南。

八

"当年，那么多烈士牺牲在沂蒙，为的就是今天让百姓过上好日子。在这块红色土地上工作，既感到光荣又感到责任重大。"这是临沂市领导们经常挂在嘴边上的一句话。

临沂市委市政府情为民所系，权为民所用，利为民所谋，转变工作作风，提高工作效率，"言必信，行必果"，取信于民，采取诸多惠民措施，让老百姓切实体会到实实在在、看得见的变化和实惠，受到了全市人民的爱戴和支持。

"让城市更美丽，让市民更幸福。"目前，临沂全市上下正在努力建设富裕美丽的大临沂、新临沂，全力争创革命老区中的第一个全国文明城市。沂蒙精神的理念贯穿于整个创城工作中。

九

抚今追昔，感慨万千。伟大的时代呼唤伟大的精神，伟大的精神成就伟大的事业，在新的历史条件下弘扬沂蒙精神，必须赋予沂蒙精神新的时代内涵，用沂蒙精神指导实践，引领发展，用沂蒙精神昂扬斗志，砥砺奋进，不断开创事业发展新局面。

2011年8月15日，《人民日报》在头版刊发长篇通讯《沂蒙精神新活力——山东推进率先发展科学发展和谐发展纪实》，生动记叙了山东历届省委省政府继承和发扬沂蒙精神，带领全省人民在新时期经济社会发展方面取得的伟大成就。

沂蒙精神已显示了强大、久远的生命力，成为激励沂蒙人民、山东人民乃至中国人民不断从胜利走向胜利的强大精神力量。

沂蒙精神作为一种浓缩着历史与现实、传统与现代、革命与建设的崇高精神，根植于时代和人民，是山东精神、中华民族精神在不同历史时期的继承、丰富、发展和弘扬。

像流动的岁月，如凝固的历史，展辉煌业绩，响时代之声。我们坚信，沂蒙精神的进一步发扬光大，必将更加有力地推动临沂和山东各项事业的快速发展。

伟哉！沂蒙精神！

（原载2011年8月26日《临沂日报》）

论沂蒙精神之大义

　　"爱党爱军，开拓奋进，艰苦创业，无私奉献"的沂蒙精神，根植于沂蒙大地深厚的文化沃土，是沂蒙人民在长期革命和建设实践中形成的先进群体意识。

　　它是中华民族精神的具体体现，是党和国家的宝贵精神财富。它集中展示了沂蒙人民立场坚定、追求执着的政治信仰，开拓奋进、敢为人先的思想意识，艰苦奋斗、自强不息的精神风貌，顾全大局、勇于奉献的价值观念。

　　沂蒙精神的本质特征在于人民性，其核心是大义。

　　为国家尽忠，对父母至孝，对兄弟友悌，"大义"二字足以涵盖临沂人的性格特征。义字当先，以义为重。这种对"大义"的崇敬与追求已融入广大临沂人的血液中，成为临沂人的坚定信仰与成长基因。

　　是什么原因使沂蒙大地上千年重义之风不绝，并不断传承发展？可以说，人类孕育了文化，而文化又重塑着人类。人生活在什么样的文化氛围之中，就会被塑造成什么样的社会人。正是沂蒙文化对大义的崇尚与追求，其鲜明的历史性、地域性、先进性特质，成就了大义临沂的无上光荣和骄傲。

　　一是悠久的历史性，伟大的民族精神。几千年来，中国传统文化通过文学、戏曲等多种形式将人生观、价值观凝聚到了中国人的深层意识中。我们中国人崇尚的是忠、义二字，崇拜的是红脸忠义的关公，憎恶的是白脸奸恶之人。用"有情有义"来褒奖人，用"无情无义"鞭挞人，"背信弃义"则是人生抹不掉的污点。我们的国歌名为《义勇军进行曲》，以义为先，体现出中华文化对"义"的尊崇与追求。

临沂，地近黄海，南临苏北，物华天宝，人杰地灵。历经2500多载风雨沧桑，历史嬗变，纳三山之惠风，汲六河之膏泽，聚物化之精灵，孕伟器之英华。这方热土上的人们大智大勇、大仁大义。清乾隆皇帝诗曰："孝能竭力王祥览，忠义捐躯颜杲真。所遇由来殊出处，端推诸葛是全人。"盛赞了临沂人的大义品格。

传为毛笔发明者的秦朝大将蒙恬，战功赫赫，出塞为将，首筑长城，万里安边，然逢矫诏，为守君臣之义自尽。"二十四孝"中七孝出自临沂。"吾日三省吾身"的宗圣曾子，侍母至孝，啮指痛心。卧冰求鲤的王祥与弟弟王览兄孝弟恭，开启了中国历史上最煊赫兴盛的王氏家族。书圣王羲之开仓赈饥，为民请命，触怒权贵，毅然辞官不做，绝不同流合污。一代贤相诸葛亮，鞠躬尽瘁，死而后已，成为历代敬仰的智慧化身和忠君典型。大书法家颜真卿和他的堂兄颜杲卿，忠肝义胆，一身正气，面对叛逆，泰然自若，慷慨赴死。民族英雄左宝贵，侠肝义胆，义薄云天，驰援友国，抗击侵略，以"士卒知我先"的大义气概，血洒异域，壮烈殉国，为人们所颂扬。

二是浓郁的地域性，崇高的沂蒙精神。临沂历史悠久，文化灿烂。东夷文化在这里发轫，齐鲁文化在这里发展，融吴越之文化，得燕赵之精华。它既具有鲁文化的敦厚重礼，又具有齐文化的开放进取，并吸收了兵家文化的果断雄武，又借鉴了楚文化的豪放典丽，多元的文化浸润，构成了沂蒙丰厚的历史文化底蕴，形成了具有浓郁地域特色的沂蒙人的文化性格。

翻开历史的长卷，数千年来沂蒙儿女用自己的实际行动践行着大义品格，在孜孜不倦的追求中体现着大仁、大义、大局、大气、大爱。沂蒙人认准了大义，毁家纾难，抛洒热血，在所不惜。

近代百年，风雨如晦。当侵略者的铁蹄踏入国土，当"三座大山"压在人民的头上，不屈不挠的沂蒙人民高擎正义的大旗，在中国共产党的坚强领导下，进行了长期艰苦卓绝的斗争。"一口饭，做军粮，一块布，做军装，最后一个儿子，送战场。"爱党爱军，豪情天纵，独轮车车流滚滚，担架队浩浩荡荡。当时，沂蒙革命老区420万人口，就有120多万人拥军支前，20万热血男儿参军参战，10多万将士为国捐躯。沂蒙人民用小车推来了胜利，用热血铸就了新世界。沂蒙人民拥军支前、送子送郎参军的场面感人至深，巾帼柔情，红嫂乳汁救伤员；火线桥，众姐妹芳骨如钢。其大义壮举感天地，泣鬼神！

翻身道情，唯我临沂。1949年初，中华人民共和国尚未成立，山东省人民政府决定在临沂、济南等地兴建大型烈士陵园。其中，华东革命烈士陵园是动工最早、规模最大、投资最多的一处。为了纪念为中华人民共和国的成立而牺牲的先烈，帮助建设华东革命烈士陵园，在战争时期付出巨大牺牲、刚刚翻身做了主人的沂蒙人民再次行动起来，捐祖坟之碑，献老屋之檩，为英烈修陵建园。50年代，为营造江淮福祉，迁库民40万。临沂人将自己的良田贡献出来，自己却迁往贫困的库区，回望一眼，挥洒热泪，义无反顾。

三年困难时期，到处闹饥荒，国家需要粮食。沂蒙人民勒紧腰带，吃糠咽菜，省下粮食卖给国家。在最困难的1959年到1961年间，临沂地区人民共交售粮食12.3677亿公斤，比前三年多售2.44亿公斤。同时，按照国家的要求，把鲁北6万农民兄弟接到山区进行妥善安置，奏响了一曲沂蒙儿女大义的赞歌。

2003年"非典"的关键时期，沂蒙人民响应号召，与首都人民心连心，像当年拥军支前一样，慷慨付出，争相伸出胳膊踊跃献血，临沂的献血量占了全山东的50%。

三是鲜明的先进性，与时俱进的时代精神。沂蒙精神是临沂人民在党的领导下，经过近90年的精心培育，逐步发展起来的，具有鲜明的政治特色和思想内涵。近年来，凡是到临沂进行过认真考察的同志无不深深感受到沂蒙人民对党、对国家、对人民军队的无比热爱的深厚感情，无不被沂蒙人民崇高的大义情怀深深感动，无不被沂蒙所发生的翻天覆地的变化深深震撼。

当今的临沂，商贸物流业已成为支柱产业。"南有义乌，北有临沂。"临沂物流天下，全国闻名。临沂这样一个后发城市能够发展成现在这样"买天下，卖天下"为全国、全世界广大商贸从业者广泛认同的商贸强市，成为闻名中外的市场名城，靠的就是临沂人勤劳善良、诚实守信的性格。临沂人在按市场规律办事的同时，仍然坚守着沂蒙文化的优良传统，从而实现了经商言利和做人重义的有机结合。

人生的价值在于奉献，沂蒙人民的大义精神，体现了一种与时俱进的时代精神。在2009年中华人民共和国成立60周年之际，临沂有5人被评为全国"双百"人物，有13人入选山东省"百位"英模人物。2010年，临沂又有14位好人荣登"中国好人榜"。上榜人数在全国地级市中位居首位。他们集中代表了孝老爱亲、敬业奉献、见义勇为、诚实守信、助人为乐等好人群体，展现了大义临沂人的精神与风采。

近期，见义勇为的出租车司机、平民英雄李学国的出现，绝不是偶然的，这是沂蒙精神之大义品格的具体体现。追念英烈，市领导、相关单位和许多素不相识的市民自发前去看望慰问家属，400多辆出租车和数不清的私家车专程去送他最后一程。那一天，蒙山震颤，沂水呜咽。义字当先情为重，长长的车队，悲痛的人群，这就是沂蒙人对"义"最好的诠释。

义者宜也，尊贤为大。我市"大义临沂"口号的提出，上承千年的优秀传统文化，承载了无数沂蒙人的理想与追求，又下启和谐发展的力量之源，这是对沂蒙精神的弘扬与光大。它符合社会主义核心价值观，是我市推动经济建设、政治建设、文化建设、社会建设、生态文明建设的强大精神动力与思想保证。目前，全市上下正在建设富裕美丽的大临沂、新临沂，全力争创革命老区中的第一个全国文明城市。"义""信"的理念贯穿于整个创城工作。党委政府情为民所系，权为民所用，利为民所谋；转变工作作风，提高工作效率，"言必信，行必果"，取信于民，采取诸多惠民措施，"让城市更美丽，让市民更幸福"，让老百姓切实体会到创城给他们生活带来的实实在在、看得见的变化，受到了全市人民的爱戴和支持。

城市精神是一座城市的灵魂，是一种文明素养和道德理想的综合反映，是一种意志品格与文化特色的精确提炼，是一种生活信念与人生境界的高度升华。沂蒙精神是临沂的城市精神，"大义临沂"是对临沂城市气质的高度概括，是临沂市民的价值取向与追求。高举"大义临沂"旗帜，对内能够凝聚人心，引导市民团结奋进，引领城市不断发展；对外可以树立形象，让外界全面准确地了解临沂，加深对临沂的美好印象，从而提高城市的对内凝聚力和对外影响力，提升临沂的知名度和美誉度。

沂蒙精神诞生在临沂这块具有深厚文化底蕴的土地上，它经受了战争年代的洗礼、建设时期的陶冶、困难岁月的锤炼、改革开放的丰富、科学发展的升华，不断提高，日臻完善，深深扎根于沂蒙人民心中，指导了并将继续指导着沂蒙人民的思想和行动。进一步弘扬这种精神，必将更加有力地推动临沂各项事业的快速发展。我们要进一步打造"大义临沂"品牌，采取多种形式使其不断创新和发展，让更多的人了解和认同，使"大义临沂"成为临沂又一张厚重靓丽的名片。

（原载2011年7月27日《临沂日报》）

培育个性　以文化城

文化是城市的生命和灵魂，是城市的内核、实力和形象；城市是文化的凝结和积淀，是文化的载体、容器和舞台。城市文化个性是反映城市特色的标志和品牌，能够非常直观地反映一座城市的深厚内涵与文化品位。

在当今时代，城市如何打造自己的个性，从而获得凝聚力和自尊，获得感召力和魅力，这是一个需要重视的问题。

城市是有生命的。独特的城市个性、品位和文化内涵，体现着一个城市卓尔不群的风格与魅力，这已为世界上不少著名城市所证明。美国权威的经济周刊《幸福》杂志曾评选出20世纪世界十座最佳商业城市，排名顺序分别为：新加坡、旧金山、伦敦、纽约、法兰克福、香港、亚特兰大、多伦多、巴黎和东京。这十座城市，除了良好的交通、发达的金融、繁荣的商业、丰富的人才等共性因素，几乎每个城市都有着各自独具的个性、良好的人文环境、与众不同的文化风格和文化氛围，从而形成了令世人神往的魅力，也成为其长期繁荣、持续发展的重要因素。

可以这样说，一个城市良好的建设、先进的设施、优越的环境，是其必备的硬件与形象；而其独具的文化个性、文化风格、文化品位，则是其不可或缺的软件与灵魂，有如其精气神韵。如果一个城市有着良好的硬件环境却缺乏文化魅力，那就如同一个财富可观却思想贫乏、毫无意趣的阔佬，是很难让人亲近的，更无魅力可言。"江山也要伟人扶"，城市历史上的圣贤学者和仁人志士，往往成为城市人文魂灵的亮点。在临沂城，王羲之故居、五贤祠和汉墓竹简博物馆是访客必去之地，这就充分说明了这一点。

文化个性和城市特色从哪里来？城市的文化个性和特色一方面体现在外观上特有的文化形象，另一方面体现在内涵上鲜明的文化气质。这种个性化的形象和气质，只能是土生土长的，只能是从城市所在区域的人文生态环境中生发出来的，只能是从城市所在区域的文化根基中生长出来的。这已经为国内外众多文化城市的个性特色形成的历史和经验所证明。

临沂建城2500余载，是著名的历史文化名城和文化资源大市，这里钟灵毓秀，名人荟萃。临沂历史文化光辉灿烂，红色文化可歌可泣，民俗文化独具特色，商旅文化生机勃发，现代文化丰富多彩，特有的物质文化遗产和非物质文化遗产，为城市文化特色的形成提供了丰富的资源。

我认为，确立文化个性和城市特色需遵循自身的发展规律，从各类本土文化中深入发掘和正确认知文化特征，在做出准确可靠解读的基础上，对文化个性给予明确定位，同时注意保持这种原有文化特征，维护好生成它的城市格局、风貌以及空间特征、整体环境、人文精神等，以留住文化个性，在此基础上努力传承和弘扬这种文化特色，把文化个性忠实地反映在城市建设上，以固化城市特色。

近年来，临沂市根植于本土文化的土壤，大力推进文化名市建设，在培育文化个性和城市特色上做了大量的富有成效的工作。近期，临沂市委全体会议学习贯彻落实党的十七届六中全会精神，进一步明确了文化强市建设的总体要求，提出了到2020年实现市民整体素质和城乡文明程度、沂蒙文化影响力、文化基础设施建设和管理水平、文化产业竞争力、文化改革发展活力、文化发展保障力"六个显著提升"，着力打造历史文化、书法文化、兵学文化、红色文化、民俗文化、商贸文化"六大品牌"，努力实现把临沂建设成为鲁南苏北区域性文化中心的奋斗目标。我认为，在此基础上突出培育临沂城市文化个性显得尤为重要。

　　临沂历史悠久，底蕴深厚，是东夷文化的发祥地。门类众多、内涵丰富的文化遗产，展现了历史长河中不同时期的时代风貌和文化断面，构成了临沂独特的文化生态，传承着无形的历史文脉。珍惜、继承和保护历史文化遗产，关系到保护和传承人文脉络，是一项功在当代、利在千秋的宏伟事业，是历史赋予我们的光荣使命，是我们义不容辞的责任。因此，要进一步深入挖掘我市厚重的历史文化资源，把历史文脉作为现代化城市建设的重要元素，继承、提升和发扬传统人文资源的精华，进一步增强全市人民的历史文化认同感和自豪感，推进文化强市向更高层次、更高文化品位发展，从而增强城市魅力，不断提高临沂的知名度。

　　培育城市文化个性，我认为要突出书圣故里、商旅水城、亲情沂蒙这个理念。我市是书圣王羲之和大书法家颜真卿、王献之的故里，是闻名全国的"中国书法名城"，书法艺术源远流长。我们要充分利用和发挥好这个传统优势，继续办好和做大做强每年一度的书圣文化节，积极举办各类书画大赛，进一步叫响"书圣故里，魅力临沂"的文化品牌，努力争取把临沂建成全国青少年书法教学基地。坚持建管并重，扎实推进临沂书法广场二期工程建设，充分展示中国书法艺术的神奇魅力和精神内核。积极倡导领导干部带头读书写书法，提升文化内涵，大力倡导沿街商号、门匾广告等用书法题写，以翰墨书香城市。

　　以文字的语义解读"城市"二字："城"有护卫生活之功能，"市"是工商活动汇聚之地。临沂地理位置优越，交通便捷，五洲货如潮至，三江贾似云来，有"四海物流之新城，五洲商旅之盛都"的美誉。目前，临沂商城拥有各类大型专业批发市场90多处，批发市场每天有2000多万吨货物在这里吞吐集散，30多万各地客商在这里聚集交易，商品辐射全国并远销10多个国家和地区，形成了"南有义乌，北有临沂"的格局。商贸物流业的繁荣发展，形成了全国各地语言文化、风俗民情、传统习惯等相互交融、激荡的文化格局，为临沂文化增添了新的丰富内涵，构成了临沂特有的商贸文化现象。要深入开展商贸文化研究，进一步提升商城文化内涵，通过多种方式更高层次地打造我市诚信商城品牌。同时，临沂城区50多平方公里的水面，营造了"八水环绕，六河贯通"的景观和"一河清水，两岸秀色，人水亲和，城水相依"的水城特色。可以说，水和商是临沂城市的两大特色，具有独特的魅力，建好了水城，城市就会更有灵气；发展好了商城，就会有力促进人流、物流、信息流。相信随着城市建设的加快，临沂城区美誉度和吸引力必将进一步大幅提高。

临沂是全国著名的革命老区，"爱党爱军，开拓奋进，艰苦创业，无私奉献"的沂蒙精神是伟大民族精神在革命战争时期的体现和升华，是我们党和国家的宝贵精神财富，是新时期与时俱进的山东精神。目前，临沂拥有近60处市级以上爱国主义教育基地，有4处全国爱国主义教育示范基地，有华东革命烈士陵园、新四军军部旧址暨华东野战军诞生地，还有正在规划建设的沂蒙革命纪念馆。把这些红色基地串珠成链，形成山东省乃至全国红色旅游的中心并打造成为红色名城，使沂蒙精神薪火相传，吸引更多的游客来临沂，以红色沂蒙吸引人，绿色沂蒙留住人，沂蒙亲情服务人，沂蒙文化感染人，进一步提高市民文明素质，推动全市精神文明建设，创建全国革命老区中第一个全国文明城市。

培育文化个性和城市特色的根本，在于搞好城市文化生态的保护和改善，留住城市的文化记忆，努力恢复原有的文化生态色泽。不能让源远流长的历史文化仅仅停留在故事里、遗址中，要努力让可听的变成可看的、让静止的历史遗存变成流动的社会效益。建设文化强市，珍惜、继承和保护历史文化遗产，关系到传承人文脉络，是一项功在当代、利在千秋的宏伟事业，是历史赋予我们的光荣使命，是我们义不容辞的责任。

从根本上说，文化是"化"人的，把人的整体素质"化"高，把人的追求和境界"化"高。有诗人言："如同布匹，精神也需要洗涤。蘸着昂扬的色彩，荡涤懈怠、萎靡、迷惘和疲惫。"在文化对人的"化"与"养"中，城市同时得到"化"与"养"。我们获得的不仅是精神的愉悦、素质的提升，而且是城市的全面发展，恰如恩格斯所言："文化上的每一个进步，都是迈向自由的每一步。"

我们相信，随着文化强市步伐的坚强迈进，更多城市个性文化的凸显，更多富有沂蒙特色的知名文化品牌的铸就，一个水城神韵、风光和雅、气象万千、宜居宜业的文化强市将展现在世人面前。

（原载2011年第12期《当代沂蒙》）

穿越时空的沂蒙之歌

一个国家，总是在不断演进的历史过程中实现自己的发展；一种精神，总是在血脉延续的历史传承中肩负起时代的力量；一组歌曲，伴随征程激励着一代又一代中华儿女，不忘初心，砥砺前行。

峥嵘岁月，岁月如歌。在中国共产党的培育下，沂蒙精神的发展史也是山东音乐的发展史。沂蒙题材的音乐创作艺术成就，在中国现当代音乐创作史上占有重要的地位。伴随中国革命不断取得胜利的光辉历程，这些经典的著名歌曲，始终散发着耀眼的光辉和不朽的艺术魅力，成为沂蒙精神的赞歌。

旗帜引领方向，梦想照亮征程。早在抗日战争时期，红色文化就在沂蒙大地落地生根，根据地人民创作了数百首脍炙人口的抗日歌曲，其中最著名的一首红色经典歌曲《沂蒙山小调》就是从山沟沟里唱响到全世界。

这首歌的前身是《反对黄沙会》。此歌首唱者是原山东军区政治部文工团女高音歌唱家王音璇。1940年正值抗日战争的艰苦岁月，日寇和国民党顽固派利用当地反动势力黄沙会，与我抗日军民对抗。这年6月抗大一分校在沂蒙山区的垛庄南山一带进行反顽斗争，文工团团员李林和阮若珊在费县白石屋村，借助当地的花鼓调编写了歌曲《反对黄沙会》。此歌在反顽战役的政治攻势阶段出色地发挥了瓦解敌人、教育群众、鼓舞人斗志的重大作用，受到了沂蒙根据地广大军民的热烈欢迎和称赞。《沂蒙山小调》在当时振奋了抗日军民的斗争信念，凝聚了人民对未来美好生活的向往，它已深深地根植于齐鲁大地。如今，这首歌已成为歌颂沂蒙山的代名词，成为山东音乐文化的重要组成部分，被联合国教科文卫组织列为世界优秀民歌。

"你是灯塔，照耀着黎明前的海洋；你是舵手，掌握着航行的方向。年轻的中国共产党，你就是核心，你就是方向。我们永远跟着你走，人类一定解放……"

这首浑厚雄壮的革命历史歌曲《跟着共产党走》，于1940年6月诞生在沂蒙抗日根据地。这首歌充分反映了人民群众对党的无限深情和热爱，唱出了中华儿女的心声，唱出了人民群众坚信党的领导、坚决跟党走、抗日能够胜利的政治信念和政治立场。2001年春天，我有幸在临沂采访了这首歌的词作者、原中组部秘书长沙洪老人。沙老充满激情地讲，《跟着共产党走》又名《你是灯塔》，是他和抗大一分校的战友王久鸣同志于1940年夏天为了纪念中国共产党成立19周年在沂蒙山区合作完成的。当时，国民党反动派惧怕以中国共产党为代表的人民力量，不断掀起反共逆流；日本帝国主义也把主要力量转到敌后战场，加紧对我抗日根据地军民进行扫荡和掠夺。中国共产党领导的敌后抗日游击战争进入最艰苦的阶段，但是这种"黎明前的黑暗"，不但没有吓到人民，反而极大地提高了人民的抗战热情。人民相信，不管困难有多大，天有多黑，只要有共产党在，中国就不会亡，人民就不会当亡国奴。天空总会亮起来。这首歌在沂蒙根据地诞生后，全凭口传手抄迅速流传至解放区和一些敌占区，充分反映了那个时期广大人民群众对党的深情和依赖，这是一首信念和力量的壮歌。

当年，由出生于临沂的著名女高音歌唱家任桂珍演唱的歌曲《谁不说俺家乡好》，是1961年拍摄的电影《红日》的插曲。故事背景是1947年5月发生在沂蒙山区的举世闻名的孟良崮战役。《红日》是中国红色主题电影的代表作之一。歌曲取材于山东胶东民歌《王二小赶集》。作者在创作的过程中以乐段为创作手法，旋律音调具有典型的山东民歌的风格。2007年，中国成功发射的"嫦娥一号"月球卫星搭载30首歌曲，其中第一首就是这首歌。这首歌既反映出沂蒙人民对家乡的热爱，又反映出解放军战士保卫家乡的革命乐观主义精神。其特色是在音乐音调与节奏上与后面表现孟良崮战争场面的音乐形成强烈的对比，给人以至深的艺术感受。

军爱民，民拥军，军民团结一家亲。1973年5月16日，中央芭蕾舞团在北京天桥剧场首演了四场芭蕾舞剧《沂蒙颂》。该剧后由八一电影制片厂于1975年摄制成同名舞台艺术片。该片公映后，在全国引起轰动。该剧以1947年沂蒙老区"红嫂乳汁救伤员"的拥军故事为题材，艺术地再现了当年沂蒙老区人民爱党爱军、无私奉献、拥军支前、与子弟兵水乳交融的生动场景。剧中歌曲《愿亲人早日养好伤》中"炉中火，放红光，我为亲人熬鸡汤，续一把蒙山柴炉火更旺，添一瓢沂河水情深意长"的唱词脍炙人口，成为全国军民耳熟能详和最喜爱的唱词之一。

沂蒙山是一座勤劳的山，丰收的山，英雄的山。中华人民共和国成立后，沂蒙人民发扬光荣革命传统，自力更生，艰苦奋斗，重建家园，人换思想地换装。歌曲《我的家乡沂蒙山》展现了沂蒙人民的新生活、新变化、新面貌，充分表现了勤劳朴实的沂蒙劳动人民丰收的喜悦和与大自然斗争的伟大气魄、坚强意志。

时序更迭，每一段旋律都激荡时代交响；风雨兼程，每一段路途都写满光荣梦想。改革开放以来，特别是近年来，沂蒙人民大力弘扬艰苦奋斗、无私奉献的沂蒙精神，城乡面貌发生了翻天覆地的变化，一个大美新临沂展现在世人面前。

国运昌盛，文运必兴。伴随时代前进的脚步，一大批赞美新沂蒙的歌曲应运而生。其中《相约沂蒙》就流传甚广，受到广大人民群众的喜爱。"走在蒙山下，漫步沂河边，唱起沂蒙山小调，我的歌也烂漫，笑也烂漫。举目是满眼的春色，遍地有迷人的景观，蒙山巍巍风含情，沂水长长情有源。当年的红嫂今犹在，舀一瓢沂河水水也甜……"此歌旋律欢快，歌词优美，悦耳动听，抒发了新一代沂蒙人的家国情怀和对家乡新气象的自豪感、光荣感与幸福感。此歌荣获了山东省"泰山文艺奖"和"五个一工程"奖。

　　史诗是思想与艺术的水乳交融，创新是继承与发展的完美结合。在我看来，这些经典歌曲是山东红色文化的代表，是中国共产党人先进知识分子和人民群众继承了古代齐鲁文化的精神特质，在沂蒙地区共同创造并具有中国特色的先进文化，蕴含着丰富的革命精神和厚重的历史文化内涵，其高超的创作水准、优美动听的旋律、触动人心的艺术感觉、深入人心的浓浓情感和经久不衰的艺术魅力，成为伟大沂蒙精神不断发展创新的音乐史诗。

（原载2017年10月13日《大众日报》）

略论散文之美

有人将散文称为美文。结合多年的学习创作体会，我认为，散文之所以称为"美文"不仅仅是因为它的语言美，还应该从整体上将散文称为美的艺术，因为散文之美，是多种美的元素构成的。

把散文称之为美文，这要追溯到中国的古代散文，一部《庄子》以它汪洋恣肆的至美艺术景观影响和激励了中国的一代又一代文学巨匠。

庄子论美，时常用"大"字来表示："夫天地者，古之所大也，而黄帝、尧、舜之所共美也。"庄子的审美原则是，天地自古以来是最大的，因而也是最美的，这对后代散文家有着积极的影响。

大家知道，散文好写，写好却很难。怎样把散文写成美文？我想，散文的作者应该首先是一个美的发现者。回顾这些年的散文创作，我把它们大体上分为四类：一是抒情散文；二是叙事散文；三是随笔散文；四是人物散文。同时，通过这四类作品，我把散文之美又分成四个层次。

一是语言之美。语言是写好散文的基础，是作家的武器。语言越好，作家越成熟。语言之于作品，犹如砖瓦之于大厦。它对作家风格的形成起着极其重要的作用。一个风格独特的作家，一定具备独特的驾驭语言的能力，以形成不同于其他作家的风格。因此，语言之于散文更重要。也许语言功力不强的小说家有之，但语言不精的散文家却不多见。

高尔基讲过："文学的第一个要素是语言。"那么，散文的第一个要素更应该是语言。唐代大诗人杜甫，有一追求美之语言的名言是："为人性僻耽佳句，语不惊人死不休。"可见，杜甫对语言的要求是何等严格。散文与诗只是一邻之隔，如果说诗歌是语言的河岸而约束着河水的流淌，那么当河水涨满冲决了堤岸而变成湖泊，这湖泊就变成了散文。因而，散文的语言之美，便显得更自由，更洒脱。我的老师山东师范大学王景科教授讲："散文的语言之美细分起来又包括朴素之美、自然之美、情韵之美和简洁之美。"

散文语言的朴素，离不开散文作者感情的真与美。纵览古今散文佳作，"皆沛然从肺腑中流出"，故而虽造语平实，却觉光彩动人，尽管有的稍事修饰，亦不失于夸饰堆砌。但是，散文既然是一种语言艺术，其朴素美也决然离不开作者的精心加工。

王景科教授讲，散文语言的自然是与雕琢相对而言的。散文中，语言不求韵律，也不讲声调的平仄，仿佛是自然的天籁，正是这种天然去雕饰的语言美，才有了更加动人的情调。

从某种程度上说，"情韵"可视为散文的专利，特别是抒情或写景的散文中，如果失掉了"情韵"，也便不成其为散文。因为，从情到美在很大程度上体现出散文味的浓淡。散文的情韵之美，透露着散文家的不同个性与风格。如杨朔的诗性散文中，透露着作者的诗情与画意；秦牧的知识性散文中谈古论今，透露出作者的博学与美趣；刘白羽的散文中追随时代主旋律，透露出作者的壮阔情怀。他们的散文情韵各自显出自己的情调与性情。

在生活中，人们常常喜欢简洁，简洁使人清爽，简洁令人振奋，因而有人提出享受简洁，一切文学语言都需要简洁。但是，散文的简洁，却有它独特的风采。好的美文应该是：简约而隽永，精美而醇厚，雕琢而不失质朴，润饰而不致斑杂。

二是意境之美。古人论诗文创作要求"辞理"与"意兴"要浑然一体，"无迹可求"，做到"意中有景，景中有意"，这也就是我们在散文创作中所强调的美的境界。美的境界在散文创作中从不同的角度有不同的理解，不同的表现。

散文家梁衡有一篇写张北草原的散文，他写的不是绿茵茵的开满鲜花的草原，而是选了一个塞草接近于枯黄或已经开始枯黄的季节去写草原，这样的草原居然也能写得很有味道，很有特色。这类的山水游记散文，应该说，就是意境美的成功之作。在这些作品中，作者追求美，探索美，发现美，并把自己发现的美传递给读者。

三是哲理之美。我想散文要表现出很强的理趣，就不要凭直观，不是有了就写，也不是信笔写去，随性所至，写到哪里算哪里，而是要有很强的哲理美。哪怕是写自然，写山水，都要在其中看出对理性对象的分析。我认为，作品之中的理性，只要新颖独特，被情感所渗透，就有魅力。理是可以有趣的，理是可以作为审美的对象的，情有致，理有趣，谓之美。但过于理性，有时也会损害作品整体的审美效应。

四是形式之美。散文不像诗歌那样，受韵律的约束，也不像小说特别是中长篇小说那样，洋洋洒洒以至万言乃至几十万言的形式叙事，更不像戏剧那样，靠人物的对白推动矛盾发展，它完全是靠自由灵活的形式，在文坛上占有一席之地。正是由于散文的形式之美，才使散文家得以用散文这一文体将自己无拘无束的内心情感表露出来。

每一个爱好文学创作的作者，都在力求选择一种最适合自己的文学形式、文学样式。正是这种样式，才为其作品内容求得了完美的载体。因为写作者，他必须对自己的写作活动充满浓郁的感情，只有爱才能使他的作品，变得更美，更迷人。因为写作者既然珍爱他的作品，就会不惜任何心血为他所爱恋的对象披上最美好的形式。

因此，散文的特质，在于它有极大的随意性，可长可短，可精可散。如鲁迅先生所讲的那样："散文的体裁，其实是大可以随便的，有破绽也不妨。"鲁迅的论述抓住了散文文体的特质，证明散文是一种自由表达的文学形式。也就是说，散文形式的自由，是在散文家创作实践的不断创造之中，这种形式的自由并将永远被创作主题创作着。

我想，即便是同一个散文家，由于他的审美经验在不断地变化，所以他在选择散文形式的时候，也会发生这样那样的变化。

综上所述，我认为，对散文来说，"形式"是最关键的，描写也好，意境也好，哲理也好，如果没有"形式"，也就是说没有一个艺术化的过程，则不能物化为一个有机的艺术整体。所以，最后的视点还是落在"形式"上，而"形式"最主要的是语言和结构。散文如果没有语言和结构，其他三个层次的美，也不可能实现。

散文易学难精，可随着时间的推移和年龄的增大，我对散文的衷情却愈来愈深，过去床头上的常备书是小说，现在则是散文，因为我能从散文中，获得很多的乐趣和满足。

在今后的散文学习和创作中，我将秉承一以贯之的文学精神，关注人的心灵，关注自己生存的现实，关注历史给人的启迪，关注人的主体性思考，或是充满激情，或是体现智慧，表达出自己对历史、世界、人生的理解，不断地去追求美，发现美。在作品中，我会努力体现祖国的自然山川美、历史文化美和人民的生活真谛美，力争更为丰硕的创作成果。

（原载2017年第11期《东方青年》）

序言和跋

知鱼乐而怡情

——《慕增利画集》序

　　文友小聚，慕增利①先生嘱我为他新近出版的画集写篇文章，始觉不妥，因为先生不仅是著名画家，更是我敬重的领导，但恭敬不如从命，我心知这是友情与信任的呼唤。

　　洗砚池翰墨香凝，五贤祠乾隆诗论。在羲之故里这块历史悠久、文化底蕴十分深厚的土地上，增利先生于1954年暮春出生。他自幼好学，天资聪慧，爱好广泛，喜欢绘画。20世纪60年代末，我们同在临沂一中读书，情趣相投，性格相近，交往甚密。上学时，我就发现他用沾水笔在作业本上练习各种图画。"文革"期间，他还经常悄悄躲在屋子里描摹毛主席像。特别是上大学后，他拜师求学像唐三藏去西天取经一样，历经磨难，痴心不改，常年坚持习画。山水花鸟，无所不涉，以画鱼见长，在沂蒙文化圈里有"慕家鱼"之说。

　　"看似寻常最奇崛，成如容易却艰辛。"用王安石的这两句诗来形容增利

---

　　① 慕增利，山东莒县人，毕业于山东工学院。曾任郯城县长、临沭县委书记、临沂市人民政府党组副书记和副市长。现为中国美术家协会会员、中国当代美术家协会副主席、中国摄影家协会会员、中国陶瓷工业协会会员、山东省特级陶瓷工艺美术大师、江西省景德镇市陶瓷研究所特聘高级画师、临沂大学美术学院教授。

先生学习绘画和创作是恰当的。近30年来，他长期担任国有大型企业和县、市里的党政领导职务，尤其是在临沂市人民政府副市长的位置上一干就是十年。这期间他尽职尽责，勤奋工作，繁忙之余，以文化自觉在精神家园里，辛勤耕耘，默默苦行。

"食鱼不及得鱼乐，得鱼不及画鱼乐。"从大文学家郭沫若的诗句里能让人感受到"知鱼乐而怡情"是人的本能。鱼在中华民俗里是"连年有余""吉庆祥和""丰收富裕""美满幸福"的寓意和象征，在中国绘画史上是一个历史悠久的艺术创作题材。惠子云："子非鱼，安知鱼之乐？"公元前300多年前，庄子就曾与惠子探讨"鱼之乐"。"临渊羡鱼"是更久远的事情了。自古至今，人们食鱼、钓鱼、观鱼、赏鱼，乐在其中。

我觉得增利先生以画鱼为乐，通过表现鱼之情来传达人之乐，呼唤人性和自然的和谐，用画鱼的方式表达人文的关怀。最近，我有机会欣赏了他的佳作《和为贵》《春花有余》《九龙图》等作品，从中体会到其作品的构图技巧，寓意高雅，笔墨简练，色调清丽。在他的妙笔之下，鱼如同有了魂，是那么鲜活，那么灵动，那么美好，让人感觉"只有鱼儿不画水，波涛尽在画卷中"，给观者带来绝佳的艺术享受。

做人低调、谦和谨慎是增利先生的处世之道。从他大量的作品中，我们可以看出其艺术的魅力，但他始终说自己是"业余书画爱好者"。依我看，正是这"业余"两字，道尽闲情，才真正点中了文人书画的精魄。增利先生访遍临泉，尝于蒙山巅听涛，沂水畔深思，胸中有池塘万千。在他看来，黑白乃生命之原色，此二色近乎道，万物神采早已含在这两色之间。他的作品《墨迹传华亭》里的墨牡丹，《和为贵》里的墨荷与金鱼，有一般作品里难得见到的禅意，简约，单纯，沉静，它呈现出了一切妄念的澄明之境，仿佛大孤独者内心之图景，展现出了浓郁书卷气和形式上的艺术性。我想这与他深研历史和注重当代创作的精神境界密不可分。

文以气为主，书画亦同然。观增利先生画，大气处，笔墨淋漓酣畅；

细微处，勾勒极婉转，而境界多以旷远为意。其清闲之趣，平和之风，庄严之格，宁静之情，跃然纸上。功夫不负有心人，多年来，他的作品有数十幅在省内外展出并获大奖。2007年，国画《军民雨水情谊深》在中共中央宣传部、解放军总政治部、中国美术家协会联合举办的纪念建军80周年书画大展中获奖。军委和总政机关五位上将在他的画前合影留念。2009年，他的作品《乡村选举》又荣获全国第十一届美术作品展铜奖。

国运昌盛，文运必兴。增利先生，现为中国美术家协会会员、中国当代美术家协会副主席、山东画院画师、临沂大学美术学院教授等。当下，在认真学习贯彻党的十七届六中全会精神，掀起建设社会主义文化强国新高潮，文化大发展大繁荣的盛世里，增利先生正值盛年，其创作也进入了一个最为旺盛、成熟的喷发期。愿仁兄能够以高度的文化自信、严肃的创作态度、敏锐的艺术感觉，创作出更多更好的无愧于这个伟大时代的精品力作。是为序。

（原载2012年6月11日《山东工人报》）

赤子文心

——孙丰刚①散文集《极顶的风》跋

一个人，一辈子总会接触太多的人和事、景和物。从早晨的第一抹亮丽霞光到旅途中的一处唯美风景，再到人生中一个真正的朋友、一件难忘的事情……

许多人目光所及的熟悉事物，都会随着时光的流逝渐渐地淡出自己的记忆，需要一些有心人记录这些心曲，与人们一起分享那些难忘的回忆。当重新回忆过去的时候，我们就会有一个凝视过往的焦点，要跟自己的昨天重新交交心。

读孙丰刚先生的散文集《极顶的风》，感觉与他一起畅游了天下，重温了历史，就像他在书中描写泰山时候所写到的："走进泰山就像走进了博大、旷远的中国历史文化画卷，有一种厚重感和使命感，这种感觉不仅来自她浑厚的躯体，更来自她在中国五千年历史中所承载的特殊责任和文化积淀。"读者在品味书中优美的文辞之余，随着他独特的视角去了解一个不一样的世界。

丰刚先生写作的题材是丰富的，翻阅书中的任何一篇文章都会让我们油

---

① 孙丰刚，山东淄博人，大学文化程度。现为中国散文学会会员、山东省作家协会会员。曾任泰安市委副秘书长、新泰市长、临沭县委书记、临沂市人大常委会副主任兼市总工会主席。

然产生一种亲切感。他写的大都是你我所熟悉的琐事见闻，以及他自己游历中的感想。文章记录的一切是那样的自然平和，叙述的似乎就是你我曾经所经历的人与事、景和物。它掀起了潜藏在我们身边日常生活中的各种小插曲的盖头，不禁让人们心中泛起阵阵的涟漪：原来生活还可以这样理解，原来还应该以这样的视角看天下！

个人阅历和人生境界是文章的核心及风骨。丰刚先生在行走的途中，不断地梳理自我的思绪、记录自己的足迹，成就了一份份充满着智慧之美的文字乐章。因为总有一段故事让人终生难忘：那是最纯美的人生经历、最奇妙的旅途见闻、最激昂的奋斗历程、最博大的历史内蕴……一篇文章犹如一把钥匙，打开了每个读者的回忆之门。

一个人随着年龄、性格的砥砺，自我的品位和责任是在不断变化的，如此数十年的积淀，脑海中就积攒下了无数的魅力词语，词语越积越多，沉淀越来越厚，把它们组织、搭建起来，一座座独具特色的文章小房子就构筑而成。这些文字记叙的是自己永远的珍贵经历，更是馈赠大众的文化财富。它让人们在忙碌之余，可以随着作者轻快流畅的华章，天马行空于世间百态。应该说丰刚先生就是这样一个不懈充实自我，有着高度文化自觉的散文作家。

散文作品怎样才算得上写得出色？根据我的写作实践和见解简单说来，应该是在描绘社会人生和自然风光当中，具有饱满的形象和生动的细节；必须融入真挚的情怀，蕴含深邃的哲思；在文字和艺术技巧的表达方面，必须具有自己的风格。我想，丰刚先生就具备这些特点。

一次十分难忘的旅游——《美哉，丽江》：文中别具神韵地刻画了丽江独特质朴的民俗，美不胜收的风物，旷达地展现了丽江原始、秀美、酣畅的面貌，描绘出一幅充满民族风情的绮丽画卷。

一篇厚重的历史回忆文章——《走进泰山》：通过对泰山的描写，赞美泰山之雄伟，探索生命之真谛，感叹历史之厚重，不断地认识自我，感悟人生，聚集智慧，从这里寻找到了走向文明的通天大道。

一次缅怀革命前辈的游记——《西柏坡礼赞》：他带领读者仿佛沿着时光的隧道，重温艰苦的岁月，难忘的奋斗历程，缅怀老一辈革命家们指挥若定的高大身影和朴实无华的革命情怀。

一篇溢满亲情和感恩的文章——《姑母》：情真意切的怀念，如泣如诉，让读者不禁回想起千千万万个和姑母一样的中华母亲们的博大慈爱。

一次对基层的分析走访——《凝望沭河》：从这篇浸润着浓郁的沂蒙风情的文章里，我们读出了丰刚先生浓郁的沂蒙情结和不辞辛苦深入基层、勤于政务、做官为民的赤子之心。

还有那篇写给远方朋友的《沂蒙映象》：他"时常被周围的一些人感动着，时常为这座城市近年来发生的巨大变化感叹着，时常被这片土地上的秀美风光、历史文化和淳厚民风感染着。我庆幸自己今生做了一回沂蒙人"。

丰刚先生以平常的心境讲述了一个个我们身边看似平常却又不平常的事情，通过精彩的文字叙述，将平实博厚的文化传播于大众。他以一颗平实的心灵，不断地诠释着民族文化的优秀内涵。

仔细品味，丰刚先生的文笔具有一种记述历史感悟和生活现象的使命感，一些看似平常的小事又往往成为他写作的最好素材。他在书中除了表达自我，还把平和美好的语言修辞展示给读者，以借此诠释对生活、对社会、对历史的独特理解和人生感悟。

他的文章中含有一种力量：在我们熟视无睹的世相之中，蕴含着为人处事的大道，这是一种让人漠视却又须臾离不开的大道，它深入到我们的生活，甚至会影响到我们的思想。而这样一种蕴涵文化使命感的记述，正如高士论道品茶，让平静的心从氤氲的茶香里顿悟和突围，栖息在厚重的文学汗青之上，留下了供人们分享的文化盛宴。

王国维在《人间词话》中说："散文易学而难工。"因为读过文学书籍而喜爱撰写文字的人们，不言而喻为数是很多的，用心从事这样的精神活动，无疑是提高整个民族精神素质的好事。

丰刚先生长期从事党政领导工作，在繁忙的工作之余，积极主动地深入体察种种的社会人生和自然风光，坚持不懈地阅读与钻研许多有益于提高自己知识水平和思考能力的书籍，笔耕不辍地写出了如此优美动人的文章，这的确是难能可贵的。

丰刚先生不是为了写而写，而是心中有情、逸笔余兴才去写的。我想真正好的文章，就是作者心中所想的简洁表达。好的文学作品不应该局限在自己狭小的思维空间里，而应该放在广阔的地理、厚重的历史空间里，准确地说就是尽力把人生感悟中最美好、最震撼心灵的镜头展现给读者。

佛曰："命由己道，相由心生，世间万物皆是化相，心不动，万物皆不动，心不变，万物皆不变。"每个人的心里都有一个江湖，每个作者的眼里都有不同的世界。读丰刚先生的散文足不出户就可以享受未知的人生经历，那自己的精神生活该是多么的快意和富足啊。

丰刚先生心里知道，记录那种原汁原味的简单生活，比洋洋洒洒的千言万言更加弥足珍贵。他以舒缓的风格，给喧嚣的生活增添了一片静谧的天空。书中每一篇看似平平淡淡的故事，实则一步步将读者引入兴致的高潮，让读者对我们的世界、自己的国家、自己的城市、自己的文化有更加自豪的情感。

欧阳修说："君子之于学也，务为道，为道必求知古。知古明道而后履之以身，施之于事，而又见于文章，发之以信后世。"不难看出，这一段话无疑可以作为丰刚先生生命的注脚。前贤往圣的深刻思想和高贵情操，无疑是孙丰刚为文、处世、从政的哲学依据和精神源泉。

忠宝墨韵

——《姚忠宝书法》序

　　姚忠宝①先生是我大西北的战友。我比他早入伍一年，他年长我一岁，同是临沂人。我俩相知缘于书法，因彼此珍爱艺术，便有共同的志向和话题。我们常以兄弟心、文友情品艺术、谈生活、悟人生，相处得十分融洽。

　　忠宝作为一位出身沂蒙山区的书法家，蒙山沂水赋予了他淳朴的灵性，青藏高原又给予了他豪放的风格。从事书法艺术创作数十年来，他走出了一条自学成才的求索之路。不仅如此，忠宝还是一位把书法艺术实践和书法理论相结合的书法家。他的论文入选全国第三届书学研讨会，填补了青海省书法理论在全国书法研究中的空白。其书论、散文及相关文章多次在全国专业期刊上发表。作品先后被全国多家专业美术馆、博物馆收藏。

　　58年前的春天，忠宝出生于山东省临沂市沂水县的一个普通农民家庭。18年后，他投笔从戎，来到离家乡千里之遥的青海西宁当起了一名通信兵。

　　从临沂到西宁，从入伍到提干，从连队干部到军分区政治部副主任，姚

---

　　① 姚忠宝，笔名鲁沂人，山东沂水人，著名军旅书法家，毕业于南京陆军指挥学院。曾任青海省海东军分区政治部副主任，上校军衔。现为中国书法家协会会员、青海省书法家协会副主席、青海省书协评审委员会副主任、青海省书画收藏家协会会长。曾连续三次获青海省文学艺术创作奖。2013年，荣获青海省书法30年艺术奖。

忠宝所处的环境及其命运发生了重大的变化，而唯一没有变化的是他手中的毛笔和每年春节前那喜庆的春联。说起自己数十年的书法创作之路，春联始终是姚忠宝绕不开的一个情结。写春联，不仅是他每年春节前的必修课，而且是他走上书法创作之路最初的动因。

忠宝先生讲："无论芳香四溢春盈满，无论清澈见底夏湖秀，无论温情和睦秋风爽，无论淳厚刚烈冬意浓，我自依然。一杯清茶，伴以青灯孤寂，励志墨痕心迹，但求虚静，避世超尘，意在自然之间。"

在忠宝心中，他在家乡最向往的地方除了王羲之故居外，当属临沂城北沂河之畔的书法广场。徜徉于这个有着近千幅古今各派大家作品的广场内，他的心中不免感慨万千。由于没有固定的老师授课，身边各种字帖便成为忠宝最好的老师。而在过去那个信息闭塞、字帖匮乏的年代，往往一个店铺名、一个广告牌都能让他流连驻足。

凭借坚持不懈的书法练习和探索，忠宝先生在青海的书法界渐渐有了自己的名气。1995年，他成为中国书法家协会会员。作品曾参加第五届中青年书法展、第七届中青年书法展、第六届全国青年书法展、首届中国书法兰亭奖等全国专业书法大展，并获得全军书法一等奖，首届"杏花村汾酒集团杯"全国电视书法大赛铜奖。自2001年始，他连续三次被选为青海省书法家协会副主席，连续三次获青海省文学艺术创作奖。2013年，他荣获青海省书法30年艺术奖。

忠宝平易近人，朴实谦恭。他话虽不多，但饱读诗书，彬彬有礼，品德学养令人称道。与他交谈，总会产生一些联想，在忠宝端正圆润的脸上，似乎会看到传统书法里横平竖直、宽舒静雅的眉眼，他本人似乎也成了刚从墨迹飘香的字里行间走出的方块字，端庄敦实，工整有致，有一种超越烦躁的安详之态、平和之气。我想这是一位心境淡泊的书法家，淡泊中带有禅意，与世无争，不存记胜之心，只用笔墨抒泄胸臆。由于心态平和，他的作品留着心灵思考的痕迹，在沉淀的墨迹里，舒雅和缓，愉悦流畅，像在一张张宣纸上描绘宁静而幽深的梦境，包含着某种精神力量，又散发着蓬勃旺盛的活力，表现着一种文化品性。

在品味忠宝先生的作品时，通过他的墨韵我能感悟到汉字的神韵，并通过对汉字的神韵，感悟其以笔性、线条、墨韵浓淡的变化组合成的平衡统一的整体。他的书法作品往往自然天成，笔带意连，透出一种自然的朴素与简约，看似随性而作，但蕴含着静、思、悟等一些要素。这一切值得细细品赏、参悟。

许多见过忠宝先生写字的人说，不仅欣赏他的字是一种享受，而且连看他写字也是一个感悟艺术、精神愉悦的过程。屏气，下笔，中锋行笔，侧锋急驰，或藏或露，或奇或正，或疏或密……在短短几分钟的行云流水背后蕴藏着半个世纪坚韧不拔的功力。

有文人曾说过："书法是有'气质'的，犹如窈窕女子，若仅有标致的五官，精致的妆容，而没有内在的品质，很难楚楚动人。"忠宝的书法注重内在的气质，他在书法艺术上大胆创新，大胆探索，使书法作品植根于较深厚的文化土壤，将文化元素融入书法笔意之中。他常说，书法要有"灵气"。我认为这灵气就是人情、人品、人性、人体的体现。

忠宝先生的书法创作融"书法、自然、人生"于一炉。他常说，书法作为中国传统文化体系中的重要载体，修养是内功，笔墨技巧是招式，书法创作要融入自然之中，汲取天地之精华以创作，如此提炼出来的作品就能渗透人生感悟，用汉字之美的神秘化境给生活增加正能量。因而，他的书法内功深厚，以书明志，澄怀味象，充满着恬静且平和的心境。

半个世纪以来，姚忠宝走过了一条不同寻常的求索之路。这条路有风雨，也有阳光；有彩虹，也有泥泞。尽管已身处他乡，但一路走来的姚忠宝仍然对临沂这座城市有着太多的不舍和牵挂。因此，他的笔名叫作沂石、鲁沂人、古琅琊人。

前些年，中央电视台、山东省电视台等主流媒体都曾对忠宝的书法艺术成就做过多次报道。癸巳年底，临沂市广播电视台品牌栏目《琅琊风云榜》又为他制作了专题《墨痕心迹》。节目一经播出，就在书圣故里八百里沂蒙大地，引起了较大的反响。

作为一位真正的书法家，忠宝先生能抵挡住现实的诱惑，保持住一份淡泊安然的境界，保持着特立独行的品德，实在是难能可贵。

池墨泼飞云，紫毫挥广宇。一勾一画，笔蕴半生求索；落纸云烟，尽显人生酣畅。从书圣故里到三江之源，姚忠宝始终恪守着中国书法的传统之道，始终秉承着沂蒙儿女的淳朴坚韧。千淘万漉虽辛苦，吹尽狂沙始到金！

真诚地祝愿我的好战友姚忠宝先生，在书法艺术事业中做出新的贡献，在艺术的殿堂里更上一层楼，进一步弘扬民族传统文化。

（原载2014年3月26日《临沂日报》）

文化永源

——刘永源①先生《青藏路·岁月棋》跋

西藏是令人向往的圣地高原，独特的地理环境造就了独一无二的雪域风光。纯净的天空，纯净的湖泊，可以纯净你我沾染了红尘碌碌的心灵。

但是，悠远的西藏，仿佛远在天边，离我们很远。印象中，它既有妩媚的南国风采，又有种种与大自然融合的天衣无缝的人文景观，万千的思绪、漫长的道路、许许多多的曲折故事，使西藏在外来者眼中具有了真正独特的魅力。因为藏族同胞的生活习俗和民族文化与高原之外的人们有着很大的区别，需要慧心人来采掇，让更多的外来者来明晰祖国边陲景物的神奇。

今日，我得以通读刘永源先生《青藏路·岁月棋》一书，在这本处处闪耀着灵性光芒的书里，领略了青藏高原的奇妙和大自然的无比绮丽。16年青藏高原的工作生涯，让永源的心灵也纯净起来，所以他笔下的文字，也有了一种远离喧嚣的宁静和清纯，他的思想也浸染了高原民族的简练和纯真。一颗本来就清净的心灵，在掸尽浮嚣、万里晴云的高原上，在一览众山小、没

---

① 刘永源，山东临沂人，笔名一源。在西藏工作16年，1994年调回山东。现为中国散文学会会员、临沂市作家协会主席团委员、临沂大学客座教授。先后在《西藏日报》《西藏文学》《大众日报》《国门时报》《时代文学》《诗刊》等报纸杂志发表诗歌、散文、随笔百余万字。作品被多家报纸杂志转载。

有些许遮挡的珠峰怀中，恰如眼前飞过的高原鹫鹰，振翼越过了丽日彩虹，让我随着永源的笔触，一起感叹那份高原的宁静与大美。

青藏高原成就了永源，只缘他的内心有一种我本英雄的豪气和对大自然、对宗教的虔诚和敏感："跨过雅鲁藏布江，这里朝佛的人群忽然多了起来，尽管沿途没少见到磕长头的人，但如此三五成群甚至连成一排的现象还是让我吃惊。此刻我已听到扎寺伦布寺的长号阵阵低鸣，而树杈、房檐的洌洌经幡又告诉我这里是佛的世界，仿佛是梦境，仿佛是昨天。"而"成千上万的人一会将长袖抛向空中，一会俯身跺脚面朝大地，这种与天地拥抱、与自然接吻的场面又岂是壮观二字所能概括的！"

人生苍茫，困惑我们的事情太多，实在是无法穷尽。但是在佛域，在朝佛的圣地，每一个外来者，都会被宗教信仰所震撼。"扎寺伦布寺的声声佛号如智者禅说，年楚河水的欢快清波又如劝世良歌，而二者的隐忍慈怀又无不彰显着平和。是啊！只有称得起平和二字的人才可以享受生活！"我们的昨天，是在圣贤的光芒下有信仰的昨天；我们的今天，是拜金、拜物迷茫的红尘。永源的文笔，不啻一股清流，汩汩地流过我们单纯、质朴的内心，让我们得以通过藏族同胞的虔诚，重新回味久已淡漠的前贤经典，也吸引着我通过这本书去寻找一个梦，去寻找繁华之后的些许简单。

在《藏之牛》这篇文章里，永源引用了我所喜爱的鲁迅先生"横眉冷对千夫指，俯首甘为孺子牛"的诗句和牛郎织女的凄美传说。他像一个生物学家，把牦牛肉的清香难忘、牦牛皮的实用功能、牦牛绒的经济价值、牦牛头的宗教崇拜、牦牛尾的装饰情趣、牛奶及酥油蕴含的藏传文化等，向我们做了详细的介绍。永源描述了高原独特的文明，他居然在牛粪里悟出了先哲"道在屎溺"的大道。我俨然与永源一起坐在牛皮船里，体味"满目的青山绿水、蓝天白云，更有藏区的古朴、高山的庄严和牧羊姑娘的歌声"。读着他简洁干练的文章，仿佛与藏族朋友一同坐在轻巧灵便的牛皮船里摇曳，真的会陶醉的！

　　永源在行走山野掇取文珠的时候，同时也背负着文学使命，远行雪域高原，他是一个乐观的牦牛行者，走过的是险路，背负的是使命，吃下的是藏地文化，挤出的是与读者同享的奶。

　　永源在《藏之羊》一文中，为我们解析了不一样的羊文化："勤劳聪慧的西藏人在长期的生活实践中，总结出了一套因地制宜、充分利用身边资源的宝贵经验，为其生产生活提供了极大的便利，其中用羊作运输工具就是藏族人的一大发明。"因为"羊儿体格虽小，力量也比不上牛马驴们，但它天生就是攀岩走壁的好手，当牛马驴们笨重的身躯在陡峭的坡前无能为力时，羊儿们却哼着小调，时不时还啃上两口青草，喝上一口山泉，在别人的眼里就像进行一次爬山运动一样，不知不觉地就把建材运到了目的地"。

　　我不由得想起齐鲁大地也有相同的羊文化：传说在修建泰山顶上寺庙的时候，因为砖块、石料、瓦片太过沉重，需要大量的民工，以致耽误了工期，引得上司大怒。这时有个当地老者想出了一个主意，让大批本地山羊背负砖瓦上山，没想到，最后真的是山羊劳工们帮了大忙，按时完成了任务。

　　《青藏路·岁月棋》一书，在一个个精彩的游记故事中还描绘了灵性十足、善解人意的"聆经"狗和走街串巷、坚忍负重的"驴货郎"等身边的小故事，让人在领略藏地风情之余，回味无穷。

　　给我留下深刻印象的是他的《后藏首府过六一》一文，"在西藏的多数传统节日里，藏族朋友总是喜欢和家人朋友一起，走出家门，步入户外，涌向山林，在那里尽情享受节日的欢快和大自然的沐浴；这种走出围城、告别喧嚣、崇尚低碳的活动还真的值得外地人学习呢！"是的，外地人往往习惯了孤独，习惯了自我，习惯了钢筋水泥的格子房，往往忽略了人与自然的融合、人与人的交流，而这正是现代社会所缺少的、所需要的。在西藏，永源感受到了藏族同胞的传统和边疆农牧民族热爱自然的天性。

　　但是，最让人感慨的不只是"孩子大人一起享受节日的快活"，也是

"当地政府也'与民同乐',与孩子们一起欢度儿童节"。这种情况应该是值得其他省份学习和借鉴的。

永源还感受到了藏族同胞的"豁达、友善及乐观向上",因为在这个节日里,"你可以随意走入任何一顶帐篷,一句'扎西德勒'(吉祥如意),就会换来主人的笑脸相迎、把酒言欢"。走亲访友的经历对我们每一个人来说都不陌生,但是在手机短信和电脑聊天的社会里,亲情仿佛掺杂了一丝淡漠,而当你步入同胞的帐篷时,你会被那种陌生的热情所点燃,因为你"除了领略藏族朋友的热情好客、饱享口福、品味美食外,你还可以感受一份轻松和释放"。这里是"歌的世界,舞的海洋",这里的亲情和久违的家的感觉并无二样!

包括永源书中用细致的笔墨记叙的那个"犟眼子",不正在坦荡着他的纯真和嬉戏吗?在这里,人们才会真正理解到永源通过对藏族朋友生活的记录所要告诉我们的,"有钱不一定幸福一样,生活态度、价值取向才是生活是否快乐的决定因素"。不要理会太多无谓的诱惑,贴近大自然,贴近亲情,贴近生活,才能找到灵感,才能找到我们的根本。在青藏长云的牵绕中,在清风明月的普耀下,齐鲁大地与青藏高原虽隔千山万水,距离很远,但我们与藏族同胞的心,却贴得很近。

我在《日喀则地委大院》中找到了自己的影子:行政科科长欧珠。因为我在部队放电影的时候,就总是在首长、战友、乡亲们开心的呼来喝去中为大家做好各种服务。

永源在书中描述了一个大家都喜爱的管家:"从早到晚,这个院子里呼唤欧珠的声音就从来没有间断过。……欧珠常说:这个院子领导多,领导们的工作都忙,每个领导安排我的事情都是一支令箭,有时令箭太多,自己简直就像一个背负令箭的刺猬。嘿!看看我这一身的令箭就知多风光了。说这话时欧珠笑了,笑得牙龈都暴露在外面。"而"只要符合群众利益的事情,欧珠总会主动去做,而且想方设法做得更好"。

　　这不正是我们日常工作中所时时强调的"为人民服务"吗？这不正是我们无怨无悔的做人、做事的本分吗？甜蜜与苦涩共存才是真实的生活记录，这也正是人生与生活的全部！

　　正如永源所说，《青藏路·岁月棋》是他的心路之作。丰富的生活阅历是文学创作的生命所在。这本书就建立在他难以磨灭的思念和真情的基础上完成的。此刻，我也想，循着永源挥毫泼墨画出的时光隧道，通往神秘的雪域高原……

沂蒙青未了

——王滨①民间文艺集《荠菜花》跋

前些日子，一个春日的上午，和煦的阳光照进了房间。王滨先生提一手袋推开了我办公室的门，满面春风地说，在今年3月底中国工艺美术学会举办的全国"凤凰杯"创新设计大赛上，他的彩印壁挂作品《莲生贵子》荣获银奖，并要我为他的从艺录《荠菜花》作个跋。

手捧沉甸甸的书稿，望着老人两鬓如霜、饱经沧桑的面容和充满激情的目光，我顿生敬意，觉得没有理由不应允。我和王滨先生因工作关系相识20多年，年龄也相差整整20岁，对他的了解是随着时间的推移而不断加深，进而成为忘年文友。

有人说，一个人所做的事，决定着自己生存的价值和质量。应该说，今年75岁的王滨先生与生俱来的故土情结和对沂蒙文化的思考热爱，激励了他不老的艺术人生。

半个多世纪以来，王滨先生似乎没做出什么惊天动地的大事，但他立足

---

① 王滨，山东莒南人，临沂市文化馆高级工艺美术师、山东省工艺美术大师。曾任临沂市政协委员、常委，临沂市文联委员，临沂市美术家协会副主席、顾问。现为中国民间文艺家协会会员、山东工艺美术学会常务理事、山东省美术家协会会员。有多件剪纸作品在全国和省评选中获大奖。主编《难忘的旋律》，著有《荠菜花》《王滨文艺作品集》等。

沂蒙办实事，手拿剪刀写春秋，一剪就是一辈子，没剪出金和银，却将一生的情与爱融入文化艺术创作中，剪出了他不平凡的多彩人生。

王滨先生一生坎坷，他1936年6月25日出生在莒南县板泉镇一户书香人家。受家庭的影响，他自幼爱学习，肯动脑。中华人民共和国成立初，他自山东省立莒县师范毕业后，在家乡当了一名光荣的人民教师；"文革"中坐过牢，被开除过公职，落实政策平反后，恢复工作调临沂展览馆工作。但他对艺术的追求，对沂蒙文化的传承，却像《西游记》中的唐三藏向西天取经一样，历经磨难，痴心不改。

在生活艰苦的情况下，王滨始终坚持向博大精深的沂蒙传统文化学习，有空就深入到农村，搜集各式各样的门笺、窗花、鞋花，虚心向民间老艺人们请教。经过多年的摸索，他的剪纸艺术有了较高的造诣。20世纪六七十年代，他在《人民日报》、《文汇报》、《中国报道》（世界语版）、《大众日报》等报刊发表的剪纸《大养其猪》《抗旱春灌》《送书下乡》和组画《红嫂》都曾引起广泛的关注。

20世纪80年代初，省有关部门分管工艺美术工作的同志，对王滨在民间美术的研究创作十分欣赏，决定调他到省工艺美术研究所工作，并给予优厚的待遇。王滨考虑再三，最后婉言推辞。他说，沂蒙是生我养我的地方，我的根在这里，不能离开，我要为家乡的文化事业发展做贡献。

王滨热爱其所从事的文化工作，曾先后担任临沂市政协委员、常委。他积极为临沂的文化建设和社会事业的发展建言献策，东奔西忙，撰写提案百余件，其中《关于银杏作为市树的建议》被采纳，银杏树后来通过法律程序被定为"市树"。他请我国著名美术家，国徽、政协会徽设计者，原中央工艺美术学院张仃教授为《临沂政协》题写刊名，为沂蒙老区政协刊物增添了丰厚的文化元素。他还受市领导委托，多次赴京请张仃先生为银雀山汉墓竹简博物馆设计馆徽，为弘扬沂蒙文化增光添彩。他参与和主持拍摄的电视专题片《出自沂蒙山的歌》，在中央电视台播出后，在社会上产生了很好的反响。

特别值得一提的是，2009年初，临沂市委宣传部和山东电影制片厂在联合拍摄的庆祝中华人民共和国成立60周年重点献礼片《沂蒙六姐妹》时，邀请他担任本片的民俗顾问。王滨积极为摄制组搜集资料，整理服装道具，为影片真实再现革命战争年代的沂蒙民风民俗出谋划策。影片公映后好评如潮。在荣获中宣部"五个一工程"奖和电影华表奖后，导演王坪高兴地说，这里也有王老师的一份成绩。

王滨常讲，艰苦是难忘的回忆，奋斗是永恒的主题。作为一名八路军战士的儿子，他时刻不忘历史，时刻不忘抗日老前辈的谆谆教导，十分珍惜今天的幸福生活。多年来，他把继承光荣革命传统与保护弘扬祖国传统文化紧密结合起来，曾多次不畏艰辛自费去北京、济南、河南等地拜访那些在沂蒙战斗过生活过的老将军、老首长，请他们写回忆录，挖掘整理他们的革命事迹，沟通他们与沂蒙的联系。每次外出他总是带着煎饼、咸菜，有时还住在旅馆的地下室里，对此他毫无怨言，并且乐此不疲。

王滨长在蒙山下，是从小喝沭河水长大的，在那个特殊的年代虽受到过打击，但他对党始终有着特别深厚的感情。许多年来，他矢志不渝，无怨无悔，积极要求加入党组织。1996年七一前夕，在他过了60周岁生日就要退休的时候，终于实现了自己的夙愿，光荣地成为一名中国共产党党员。他常说，我是在党长期培养教育下成长起来的中华人民共和国一代文艺工作者，就要感党的恩，做党的人，为党服务。

去年初秋的一个晚上，已11点多了，王滨先生突然打来电话。他有点不好意思地讲，知道我有夜读的习惯，所以打电话给我。他说，受革命前辈沙洪同志的诗词《沂蒙母亲》的感染，他即兴创作了歌词《蒙山、沂水，我的亲爹娘》，来征求我的意见。说着，他在电话那端饱含深情地把歌词诵读了一遍，还边哼曲子。电话打了近20分钟。在他的热情感染下，我也久久无法入睡。此歌成形后经我市民歌演唱家秦守印谱曲演唱，去年11月参加了全省第二届"谁不说俺家乡好"电视大奖赛，并获得原创佳作节目奖、演唱优秀节目奖两个奖项，受到社会各界的好评。

去年冬天，我带妻子、女儿去他位于临沂展览馆后面护城河边的家里拜访。环视他用四间老办公室改造的居室，狭小的房间里支着取暖的火炉，旁边摆放着两张旧沙发、一个小桌，周围堆放着一摞摞书籍。虽觉简陋，但四面墙上悬挂的精美剪纸作品，却让人眼前一亮。

沂蒙青未了。我感慨地问王滨先生："是什么力量和信念鼓舞着您火热的创作热情？"他深情地说："是沂蒙文化的魅力。沂蒙文化底蕴深厚，独具特色，博大精深，只有进一步挖掘、保护和整理，才能为后人留下宝贵的民间艺术资源和财富。"他接着又充满激情地说："我现年七十有五，余下的时间已经不多了，我要在有生之年为沂蒙传统文化的抢救保护、为先进文化的传播弘扬多做几件实事。"

翻阅王滨先生的从艺录《荠菜花》清样，我分明感到这是王滨那颗和沂蒙大地同呼吸、共命运的赤诚之心在跳动，是他人生的真实写照，字里行间充溢着他对文化的热爱、对故土的深情和对党的忠诚。

辛弃疾词曰："城中桃李愁风雨，春在溪头荠菜花。"我想，荠菜大概是大众认可度较高的野菜，它既能生长在田间地头，又能在城市繁华地段零星的泥土地上生长。王滨先生把他的从艺录取名为"荠菜花"，就有种《诗经》中"甘之如荠"似的犹在舌尖的人文情怀。

作于2011年4月12日

（原载2017年第2期《洗砚池》）

以文化人

——《沂蒙人物》创刊序

蒙山巍巍，一派圣贤豪气在；沂水滔滔，九州览胜古风高。

沂蒙，这是一个令人神往的地方，一曲《沂蒙山小调》唱不尽锦绣山河好风光，唱不尽文韬武略千古篇，唱不尽奉献的土地今朝情。

山有水方活，水得山而媚。沂河、沭河披珠戴玉，逶迤蜿蜒，从沂蒙山的怀抱走出，用甘甜的乳汁，哺育了广袤的临沂大地。这里风景怡人，春有苍山叠翠，夏有孝河之荷，秋有泥沱月色，冬有文峰积雪，集北方妙景之雄，兼南方佳景之秀，名胜古迹掩映其中，与之交相辉映，令人流连忘返。

纳三山之惠风，汲六河之膏泽。临沂文化源远流长，据考证，这里是中华文明的发祥地之一。蒙山沂水间的"沂源猿人"和北京"山顶洞人"同属于一个历史阶段。远在原始社会时期，这里就有华夏族和富族的先民居住。沂河凤凰岭、郯城黑龙潭的细石器文化遗址，以及散见于沂河、沭河两岸的各类文化遗址，无不显示着古代文明的辉煌。

"鲁南古城秀，琅琊圣贤多。"千百年来，临沂人民在这块神奇的土地上繁衍生息，创造着灿烂的人类文明，培养出勤劳、善良、勇敢、正直的优秀品格，孕育淳厚清新的民风、典雅古朴的民俗，造就了色彩浓烈、丰富厚重的沂蒙文化。这里有诸葛亮、王羲之、刘勰、颜真卿等伟器英华，有天文历算学家及珠算的发明者刘洪、卧冰求鲤的王祥、凿壁偷光的匡衡、舍生取义的左宝贵等俊士人杰。他们引领人文纪盛，增辉人类文明。

近代百年，风雨如晦。共产党播火燎原，沂蒙赋予了坚贞的性格，昨日炮火铸造出铮铮铁骨。革命战争年代，渊子崖保卫战，大青山突围，孟良崮大捷，大战迭起，胜利为艰。沂蒙人民爱党爱军，豪情天纵。独轮车车流滚滚，担架队浩浩荡荡，红嫂乳汁救伤员，六姐妹巾帼柔情，火线桥芳骨如钢，红色沂蒙日月可鉴。

科学发展，开拓创新。绘宏图于盛世，立伟业于当今。深厚文化浸润的沂蒙后人，他们虚怀若谷乐于容纳崭新思想，他们励精图治勇于拼搏干事创业，他们胸怀天下敢为天下先，面对历史的尊崇与大度，继承并发展了丰富的沂蒙历史文化、红色文化、民俗文化和现代文化，并将其发扬光大，创造了可歌可泣的英雄业绩，一个美丽、富饶、文明的全国文明城市正展现在世人面前。

国运昌盛，文运必兴。为进一步弘扬沂蒙文化，建设文化强市，临沂有志之士站在新时代的高度，本着对历史负责的态度，从历史人物和卓有成就的现实人物着手，有计划、有步骤地进行全面挖掘、整理和总结，展示沂蒙深厚的历史积淀、文化底蕴和文明成果，补史之缺，详史之略，续史之无，无憾于当代，无憾于社会，无憾于后人，以存史资政，凝聚民心，激励斗志，这无疑是一件很有意义的事情。《沂蒙人物》就是肩负着这样的一种历史重任应时而生的。它将力争成为倾力打造沂蒙最全面的杰出人物的杂志，竭诚编辑鲁南最耐读的传记文学刊物，不负时代重托、人民厚望，旨在推动临沂经济文化发展，为弘扬沂蒙精神服务。

作于2012年2月

阳光风景

——《杨光油画作品集》序言

　　临沂是书圣王羲之和大书法家颜真卿的故里，是中国书法名城，是著名的书画之乡。杨光①出生在临沂，深受临沂浓厚的文化底蕴和千年的书画传承影响，从小就热爱绘画艺术，历尽艰辛，痴心不改，创作出许多富有灵气和个性的好作品。在考入中央美术学院徐悲鸿画室后，他师从多位艺术大师，形成了扎实的理论功底与创作风格。

　　油画是来自西方艺术体系的舶来品，自15世纪创始以来，已跨过五六百年的发展历程，其间流派纷呈，巨匠迭出，他们以具象抑或意象的形式，承载着西方文明在意识形态上的物化，冲击并演进着现代视觉艺术的进程。20世纪初油画艺术传入中国，经历了李叔同、赵无极、王式廓、罗中立等近四代油画大师的努力，我国在油画创作的探索和理论研究上取得了斐然的成就。中国当代油画家吸收西方油画艺术尤其是印象画派的成果，同时因袭秉性中传统的人文关怀和自我关照，延续着中国油画自身的发展之路，这在风

---

　　① 杨光，祖籍山东莱州市，生于临沂。现为中国美术家协会会员、临沂市油画艺术委员会副主席兼秘书长、临沂油画学会副主席。作品先后入展2010年"生存和谐发展"上海世博会全国美术作品展，2012年中国美术家协会广东创作中心"收藏家提名展"，2013年首届、2015年第二届"朝圣敦煌"全国美术作品展，2015年"丝绸之路、绚丽甘肃"第九届中国西部大地情中国画、油画作品展等。

景油画中尤其突出，细品杨光的油画亦感同身受。

巍巍八百里沂蒙，山高坡陡，崴险岭峻，雄伟壮奇；沂河、沭河萦绕如带，两岸飘香，风光旖旎。杨光的油画多取蒙山、沂水之景，状山水之形势，发景外之意趣。蒙山沂水赋予了他油画清新质朴、朴实厚重的艺术风格，更成为他心之所系、魂牵梦绕的灵魂归属。杨光油画的取材广泛，俯仰皆景，沂蒙大地上的山水、树木、池塘、莲花、行者、山羊、禽鸟等，取舍入画浑然天成。他的画让我们嗅到了泥土的芬芳，听到了故乡的呼唤，看到了燃起的炊烟。他把对蒙山、沂水的满怀深情挥洒于纸上，尽情讴歌那山、那水、那片他生活过的土地，在忠实地描绘沂蒙风景的同时抒发了强烈的感情，产生了诗一般的韵味。他的油画带给人一种梦幻般的诗意，感受着画家对于故乡家园美景的热爱。

形而上者为之道，杨光在多年不懈的艺术追求中，不仅在创作实践中成绩斐然，而且在绘画理论方面多有成就。近年来，他原创的作品屡屡获奖和诸多著述的发表，激发了他在绘画表现形式和艺术语言运用上的探索性思考和运用，形成了个人风格。他扎根于沂蒙文化的土壤之中，遵循写实主义的创作原则，追求真善美兼备、生活与艺术的统一，在创作中兼收并蓄，以各种画风的营养充实自己。因此，他既有豪放苍劲的作品，也有深沉含蓄、不露锋芒的佳作，是我市中青年画家中成绩显著者。以其不懈努力的精神，其前景更加广阔远大。

仰前人之伟绩，欣当代之风流。杨光这本画册的出版是我市近年来文化艺术创作空前繁荣的一个缩影，必将对进一步推动我市文化大发展大繁荣产生积极作用。它是杨光多年来油画艺术探索成果的小结，更是他艺术征途上一个新的起点。杨光的年龄不大，艺术创作正处于上升期，我们真诚期待杨光能够百尺竿头，更进一步，创作出更多更好的歌颂沂蒙、歌颂时代的优秀作品。

愿杨光的油画风景更加靓丽。

作于2009年4月10日

忠诚卫士

——为陈淑汉^①同志报告文学集《剑啸沂蒙》序

有人说，一部作品或一篇文章，如果你看着读着情不自禁地笑起来，这部作品或这篇文章就是佳品。也有人说，好的作品是让人看着读着会突然感动得热泪盈眶。而我在读了陈淑汉同志作品集《剑啸沂蒙》后却说，好的作品是使人看着读着一句话也说不出来。因为这部作品能够深深打动你，好的地方好到了极点，坏的地方也许坏到了极点，使人无法从中找到不足，但也无法说出它的最佳之处。只有这种既找不到缺点，又道不出完美的东西才是上品。

临沂市公安局交警支队的陈淑汉把他准备出版的作品集《剑啸沂蒙》送给我，让我写点什么，我很高兴。这部作品收集了他近年来撰写的52篇侦破通讯、报告文学，反映的都是我市公安机关多年来成功侦破的重大案件，读后令人心情不能不为之震撼，不能不为之共鸣。这是使我一句话也说不出来的作品，堪称我市公安文学的一部力作，使我对沂蒙公安的昨天和今天有了更深的认识。一个个英俊威武又淳朴可爱的公安干警的伟岸身影矗立在我面

---

① 陈淑汉，山东莒南人，大学文化程度，一级警督，二级作家。曾为民办教师、通讯报道员、《沂蒙公安报》编辑。现为中国当代文学艺术研究中心研究员、中国作家世纪论坛特邀作家。先后发表散文、诗歌、小说、新闻稿件3000多篇，数百万字。其作品多次获国家、省、市级大奖。

前，奔腾不息的沂河水在我心中流淌，巍巍的蒙山似乎更加雄伟高大了。

这是一部反映沂蒙公安学习邓小平理论，贯彻落实江泽民"三个代表"重要思想要求，为临沂改革开放和经济建设取得伟大成就，以及保一方平安创造佳绩的作品结集。

这是一曲高歌沂蒙公安政治强、作风硬、纪律严、业务精，在维护法律尊严、保护人民生命和财产安全的工作中，英勇顽强，无私奉献，特别能战斗的时代强音。

这是一幅描绘沂蒙公安在新的历史时期，发扬老区的革命传统，弘扬沂蒙精神，振兴临沂经济的精美画面。

作者把对人民的情与爱以及对犯罪分子的憎与恨融进笔中，以饱满的热情，真实而又生动地记述了一些案件侦破的战斗历程，展现了沂蒙公安热血铸金盾的卫士风采。书中既有对公安干警动人事迹的热情讴歌，又有对犯罪分子丑陋罪行的揭露；既有对侦破案件的经验总结，也有对典型案例的深入剖析；既有情感的奔泻激荡，又有思想的感悟与升华，达到真实性、新闻性、文学性的有机统一。全书蕴含着积极的、向上的、高昂的基调，弥漫着凛然正气，具有较强的可读性。

这些年，我在市委宣传部一直分管新闻宣传工作，很早就与淑汉同志认识，并且在工作上多有交往，并一直关注他在业务上的成长与进步。淑汉同志热爱新闻宣传工作，并且刻苦努力，他把做好新闻报道工作作为人生的一种追求，笔耕不辍。我曾多次在新闻宣传的业务会上称赞他，他做新闻报道像《西游记》里的唐三藏去西天取经一样，历经磨难，痴心不改，所以成绩瞩目。

淑汉出身贫寒，因生活艰难，早早辍学，但他勤奋努力，失学不失志，从一个民办教师的岗位上扎扎实实地干起，用辛勤的汗水取得了让人羡慕的成果，赢得了社会的尊重和认可。他先后担任了乡镇通讯报道员、县公安局通讯报道员、《沂蒙公安报》编辑等。其间，他发表了大量的新闻稿件，是那时全市发表作品最多、影响最大的通讯报道员之一。他连续多年被省市报刊评为优秀通讯员。许多作品获得了不同等级的奖励。1995年，他获得了全市新闻奖励最高奖——沂蒙新闻奖。从1974年第一篇新闻稿见报到现在，淑汉同志已经发表稿件1100多篇，并且出版了12万字的报告文学专集。

淑汉同志在多年的新闻报道和公安宣传中，积累了比较丰富的经验，形成了有自己特点的报道风格。他作风扎实，经常深入基层随警作战，从一线中获得第一手材料，力求循着事物的内在逻辑组织文章结构，铺陈新闻事实，展开思想脉络，这使他的作品不但具有一种逻辑的魅力，而且亲切自然，真实可信。像《子夜血战》《荒唐的协议》《紫荆关歼匪》等作品都产生过较大的影响，受到社会各界好评。这也充分证明，当一个合格的新闻宣传工作者，首先他要对祖国对人民有庄严的责任感和使命感，才能激励自己以忘我的奉献精神和火一样的热情投入到改革开放建设的伟大洪流中，并且在实践中充分发挥自己的聪明才智。

淑汉同志是从基层成长起来的，但他依靠自己长期的刻苦学习和努力奋斗，取得了显著的成绩。希望淑汉同志能够多从公安生活中吸取营养，写出更多更好地反映沂蒙公安的好作品，奉献给广大读者，为建设社会主义现代化的新沂蒙做出应有贡献。

田野上的收获

——张献德^①新闻作品集《希望的田野》序言

　　秋天是美好的。八百里沂蒙的田野上到处是一片繁忙的丰收景象。在这收获的日子里，我接到了平邑县丰阳镇张献德同志打来的电话，要我为他的新闻作品集《希望的田野》写点什么，作为战友、宣传战线的老朋友，我欣然应允。

　　我和献德同志是在20世纪80年代后期在临沂举办的新闻学习班上相识的。彼时，我从部队转业刚到临沂地委宣传部新闻科工作。献德那年30多岁，朴实热情，学习刻苦，并主动帮我们做些课前的准备工作，引起了我的关注。见面闲聊，我才知道我俩是一起在大西北当兵的战友，自然多了几分亲切。从部队退伍后，献德历经磨难，痴心不改，一直在他所在的平邑县乡镇从事新闻报道工作，并不断有新闻作品见诸报端。这些年，我和他保持联系，并一直关注着他的作品。

　　沂蒙金秋，惠风和畅。当我翻阅献德送来的书稿，边赏边读，如品茗会友，觉得沉甸甸的，令人不能不与之共鸣。此书堪称是我市县区乡镇新闻宣

_____

　　① 张献德，山东平邑人，大学文化程度。1974年入伍。1980年退伍后，一直从事新闻宣传工作。2000年获新闻专业中级职称。多年来，他在市级以上刊物上发表新闻稿件（照片）、散文、诗歌等5000余件，先后30次被省市等多家媒体评为"模范通讯员"。

传工作的一部力作。值得称道的是，整部作品蕴含着积极的、向上的、高昂的基调，显示出蓬勃的生机与活力。通观全书，我感到有三个特点尤为突出。

其一，热爱新闻事业。充满活力的沂蒙召唤着充满活力的新闻，伟大的时代造就一名优秀的基层新闻工作者。献德退伍后，先在当地的乡镇从事广播宣传，后来在乡镇专门从事新闻报道工作，这一干就是无怨无悔、默默无闻的近30年。献德从小就喜爱写作，到部队先在连队当战士，后因擅长写文章又担任了文书。经过部队几年的培养，他对文学、新闻的热爱达到如痴如醉的程度，在部队期间就曾发表过短篇小说和新闻稿件，这为他以后从事新闻工作奠定了良好的基础。这么多年来，他发表在市级以上刊物上的作品就有5000多件。从结集筛选的作品看，这些作品很有典型性、思想性和可读性。乡镇工作比较繁杂，献德除做好通讯报道工作外，还担负着乡镇机关部分材料的撰写工作，他总是乐此不疲，从中得到了锻炼提高。他热爱新闻事业，不怕苦，不怕累，乐于奉献。有好心人让他改行，如经商赚钱，他不为所动。虽然写作是清苦的，但他以苦为荣，以苦为乐，把火热的青春和才华献给了他热爱的新闻工作，献给了家乡的父老乡亲。他饱蘸深情地把对家乡的情和爱融进笔中，热情歌颂丰阳的发展和变化，歌颂丰阳的山山水水。他真实地记录了丰阳人民追踪时代的脚步声，是丰阳历史发展的见证人。

其二，把握时代脉搏。改革开放和社会主义现代化建设的伟大实践为新闻宣传工作注入了生机。献德生在农村，熟悉农村，热爱自己的家乡，更同情那些弱势群体。新闻工作者的良心和职责促使他在基层发现那些不为人知的小人物，关注他们的喜怒哀乐和衣食住行，愿为他们代言。乡村医生、送水工、离退休老干部、普通农家妇女、兽医、教师等在他的笔下都有所反映。《石痴胡美省》《三轮车"推"出大学生》《孙传芳改嫁》《江西女子的沂蒙情》《老魏的"官瘾"》《四胞胎系列报道》等都可见一斑。其中，《农民胡美省参加国际地质大会》获本年度全省县新闻报道一等奖。

20世纪八九十年代，丰阳镇的畜牧养殖业在全市小有名气。献德及时总结接连写出《丰阳猪羊养殖实现产业化》《丰阳，畜牧业何以成为大气候》《洋奶牛落户金牛山下》《母猪成了摇钱树》等稿件，为丰阳畜牧业的发展起到了推动作用。丰阳山多，河汊多，水利建设一直是丰阳农业发展的特色。献德也先后写出了《丰阳镇念活"水经"富乡亲》《丰阳镇因地制宜解决吃水难》《丰阳山地开发闯出新路子》等稿件，引起当地有关部门的高度重视。丰阳精神文明建设一直在全县名列前茅。献德从20世纪八九十年代郑家峪村开展敬老活动时采写的《好事做在婆家，红花送给娘家》开始，就一直关注郑家峪村，并将其作为他新闻宣传的根据地。他先后连续19次报道郑家峪村，相继写出《山村团拜会》《小山村里的老人节》《三人村官的敬老情》等一系列稿件，弘扬了家庭文明道德新风。丰阳镇老年体育活动、"丰山杯"农民篮球赛等也被多次报道。该镇还被评为全国"亿万农民健身活动先进乡镇"。

其三，文笔清新朴实。在献德的新闻作品中，我注意到他总是力求循着事物的内在逻辑去组织文章结构，铺陈新闻事实，展开思想脉络，这就使他的作品具有一种逻辑的魅力，而这一特点也就给人一种朴素清新的感觉。凡是读过他文章的人都说，他的文章朴实无华，像拉家常一样娓娓道来。现场新闻、通讯，尤其是人物通讯，语言亲切自然，很吸引人。在标题的撰写上，他也能别出心裁，如《老刘，真牛》《姚有才报话》等，很有韵味。随着时间的推移，献德的文字功夫和学养有了很大的提高。除了新闻消息、通讯、特写之外，他的言论、散文、诗歌等也有一定特色。他的有些作品流淌着自然的韵律，散发着淡雅的清香，闪耀着理性的光彩，并逐渐形成了自己的风格。我认为这是一种成熟的表现。

献德的起点不高，但他依靠自己长期的学习和努力，在基层新闻战线上取得了令人瞩目的成绩。他还靠自学取得了大学汉语言文学本科学历，同时还获得新闻专业中级职称，其间他付出了太多努力，作为战友和文友我引以为豪。祝愿他在希望的田野上有更多更大的收获。是为序。

作于2011年国庆

《王羲之故居》摄影集·跋

　　"琅琊重望标千古，王草颜真冠书府。我今执笔也题碑，鲁班门前弄大斧。"这是著名书法家启功先生于1986年应邀为"王羲之故居"题写匾额后，又欣然挥毫的自作诗。为弘扬沂蒙精神，建设文化名市，2003年在纪念王羲之诞辰1700周年之际，临沂市举办了首届中国临沂书圣文化节。到2007年，临沂书圣文化节已连续成功举办了五届，并在全国乃至全世界产生了很大影响，有力地促进了全市经济、文化和社会各项事业又好又快的发展。临沂书圣文化节在2006年荣获"中国十大文化艺术类节庆""中国十大最具潜力节庆"。2007年，临沂又荣获"中国书圣文化之乡"称号。"书圣故里，魅力临沂"已成为临沂递向世界的靓丽名片。

　　"鲁南古城秀，琅琊名士多。"临沂大地历史悠久，文化灿烂。东夷文化在这里发源，齐鲁文化在这里融合，众多文化名人犹如群星璀璨，构成了沂蒙绚丽的历史星空。文化是城市的灵魂，而王羲之书法艺术又是临沂文化建设的核心内容之一。为贯彻落实党的十七大提出的文化大发展大繁荣的精神，临沂市第十一次党代会确立了打造古今文化相辉映的文化名市的发展战略。付迎东①先生发挥摄影艺术特长，编著出版《王羲之故居》摄影集，这

---

　　① 付迎东，山东临沂人，工程师。曾从戎六载，现供职于临沂市住房和城乡建设局，系中国摄影家协会会员、中国新闻摄影学会会员、国家一级摄影师。曾先后荣获临沂市"沂蒙文艺奖"、临沂市首席技师，山东省"五一新闻奖"、山东省业余记者十佳等荣誉称号。

对于进一步宣传推介王羲之故居，继承发扬书圣文化做出了积极的探索和贡献。

付迎东先生所编著的《王羲之故居》摄影集，充分运用了建筑摄影与风景摄影艺术，以摄影家敏锐细腻的感受、鉴赏自然美的艺术素养以及较高的摄影造型技巧，风雨六载，历尽艰辛，痴心不移，追寻跟踪王羲之故居建设与历次重大活动的每一个环节，怀着对家乡的炽情与挚爱，以敬业奉献、不辞辛苦、严谨细致的职业作风，深入揭示了王羲之故居建筑群体自然风光美的精华和丰厚的文化内涵，向人们抒发了弘扬书法文化与王羲之书法的美学感受。在本书的出版过程中，作者诚心请教，著名作家莫言先生拨冗作序，临沂师范学院教授刘瑞轩撰写了专题学术文章，让人们领略欣赏到书圣的艺术魅力和文化研究成果。

付迎东先生是临沂市住房和城乡建设局的工作人员，他自幼读书，曾从戎六载，酷爱摄影。《王羲之故居》摄影集是他利用业余时间创作的。这本书是他多年来勤奋努力的结果。应该说，这是一本思想性、艺术性、观赏性较强的作品。诚然，不足之处也在所难免。我相信《王羲之故居》摄影集的出版，必将为宣传临沂发挥积极的作用，也会受到广大读者的欢迎。

"遥知六出呈祥瑞，且喜琅琊大有成。"当年明朝大诗人王缙在沂水踏雪吟诗，抒发了对故乡沂蒙大地的眷恋和希冀之情。几个世纪过去了，他所希冀的"大有成"的盛景，今朝在党的领导和全市人民的共同努力下得以实现。在这片充满生机与活力的土地上，经济文化新大观，天开图画成乐土。一个美丽富强的大临沂、新临沂正在向我们走来。

作于2008年6月19日

欣然澹情愫

——为冯欣①歌曲集《温暖》序言

丁酉初秋，首都北京，天朗气清，惠风和畅。京城一隅，与冯欣坐闲庭，一杯香茗在手，沁人心脾，回味无穷。

冯欣，著名女高音歌唱家，山东临沂人也。长相俊俏，秀外慧中，品貌端庄，且天资聪慧，家学渊源。父乃新四军文工团团员，受之熏陶，红色洗礼，纳蒙山之惠风，汲沂水之膏泽。欣自幼爱唱，金声玉韵。其音婉转动听，清脆悦耳，十多岁演《沙家浜》，人称"小阿庆嫂"，少年即声名鹊起。

年二十一，金榜题名，考入曲阜师范大学，专攻音律。四年寒窗，刻苦勤奋，学业翘楚，硕果颇丰。学业圆满，进临沂市群艺馆，成业务骨干。八十年代中，北上京城深造，师出金铁霖、叶佩英诸名家，在中央民族乐团、北京青年轻音乐团当独唱演员。为圆梦想，欣不忘初心，历经磨难，痴心不改，终成大器。

庚午之春，生机盎然，欣欣向荣，去红装着警服，选调北京国安乐团，

---

① 冯欣，山东临沂人，中国国安乐团业务团长、女高音歌唱家、国家一级演员。先后毕业于曲阜师范大学和中国音乐学院。现为中国音乐家协会会员、中国演出家协会会员。曾获全国第九届"群星奖"音乐比赛金奖、中央电视台第六届"通业杯"青年歌手大奖赛民族唱法荧屏奖、中央国家机关文艺汇演音乐比赛一等奖、国家安全系统五省市电视演唱会冠军。出版独唱专辑《圣洁的青莲》《致敬》《温暖》等。

成国之利器，隐蔽战线文艺兵，自此如鱼得水，典雅婉约，才艺大展，倾情放歌，似无花之果，悄然绽放。在国之重大演出中，担任独唱、领唱兼主持，风姿绰约，乃团之栋梁。博采众长，多方学习，艰苦探索，孜孜以求。演唱的《祥和中国》《家在沂蒙山》《踏歌起舞的中国》《月是故乡明》等诸多优秀歌曲，深受观众喜爱，流传甚广。文化出使，访问各国，友人赞不绝口。在国之顶级大赛中，超群绝伦，不断折桂，好评如潮，数次立功受奖。涉足话剧影视，出神入化，扮相极佳，十余部作品载誉，干警赞曰："国安之花"。

文以气为主，歌唱亦同然。冯欣以才入歌，以歌入情，演唱题材广泛，风格多样，音色纯净明亮，音质圆润，音域宽广，歌声高力流畅，行腔自如，吐字清晰，丰富之嗓音层次，情感至妙，婉转动情，直抒胸怀，极富艺术感染力。诗赞："昆山玉碎凤凰叫，芙蓉泣露香兰笑。"

艺海无涯，砥砺前行。欣之歌声，诸君深感，其博观而约取，厚积而薄发，不做生活旁观者，而用数倍他人之时，追求突破，开拓进取。淡泊名利，坚守梦想，持之以恒，刻苦练习，是其成功之秘诀。四十余载艺术实践，一以贯之，音色独具，风格特有，气质超凡。不言而喻，这是其艺术成熟之标志，诚然，也是歌者宝贵之灵魂。

国运昌盛，文运必兴。新版《温暖》，系冯欣继《圣洁的青莲》《致敬》的第三部歌集，内有《诗意中国》《沂蒙新红嫂》《我多想歌唱》等十三首金曲，乃创意独特、惊艳有约、精心打造的成功之作。其歌高亢，其彩华丽，其情浓浓，其音绕梁，代表其艺术新水准。聆听这些融入她青春年华、激情热血的歌曲，仿佛听到一颗赤子之心剧烈跳动之声音，使诸君陶醉，尽情领略其中的艺术魅力。

古人云："气厚则苍茫，神和乃润泽。"欣以精、气、神三方，陶冶情操，自有精神之高洁，胸怀之坦荡，人格之磊落；追求崇高艺术境界，精神外化成歌声，且底蕴深厚，才华横溢，歌之大成，乃人生品质之倒影，乃天资、勤学、机缘之契合。

　　天赋神韵，文心灿然，热土沂蒙，铸大爱情怀。近年，冯欣超以象外，自在歌境，乐善好施，热心公益，传道授课，奉献社会。五洲神游，遍交各界，所到之处，备受恭敬，虽享盛名，却宽厚平易，真诚质朴；虽有大成，却言行低调，心源自守，怡然自乐。真可谓，以歌为形，以文为质，以心为本，精神横溢，蔚为大观。

　　噫吁嚱，歌者冯欣，演唱大家，艺术常青，真善大美，德艺双馨。是为序。

（原载2017年9月7日《临沂日报》）

歌声高杨

——为高杨①独唱专辑《沂蒙情深》序

我和高杨接触不多，但神交已久。

20世纪90年代末，她在山东省青年歌手电视大赛中像一阵山野的清风飘上舞台，以一曲《我的家乡沂蒙山》荣获一等奖。当时，她那亮丽的扮相、甜润的嗓音和声情并茂的表演给我留下十分深刻的印象。

在一次文友小聚中，我与高杨交谈中得知原来我俩是一个辈分的兄妹，她应称我为大哥，这自然又增加了几许亲近感。

高杨出生在沭河岸畔的临沭县城，长相俊俏，聪明伶俐，天生一副清越嘹亮的好嗓子。从幼儿园开始，她就喜欢唱歌。上小学时，她就敢在数千人的广场上为乡亲们唱歌。她最爱唱的是《沂蒙山小调》《谁不说俺家乡好》等歌颂家乡的歌。

高杨毕业于临沂艺术学校声乐专业，后分配到临沭县文化馆做群众艺术工作。由于在民歌演唱中出类拔萃，1995年高杨被上调到共青团临沂市委青少年宫任音乐教师。多年来，她数次代表市里参加全国和省市组织的各种文

---

① 高杨，山东临沭人，青年歌唱家。现为共青团临沂市委青少年宫高级教师，系山东省音乐家协会会员、山东省音乐家协会少儿艺术委员会理事、临沂市青联委员、临沂市音乐家协会副秘书长。曾多次荣获山东省青年歌手大赛及民歌大赛一等奖，出版个人专辑《沂蒙情深》。

艺大赛和演出活动，曾连续四年荣获山东省青年歌手大赛一等奖。2008年8月，她晋京参加了中国非物质文化遗产优秀剧目展演。她还曾出访韩国进行文化交流。去年10月，她又参加了中央电视台音乐电视剧《春天的沂蒙》的拍摄。在这些活动中，她都取得了令人十分满意的成绩，为宣传临沂做出了积极的贡献。

在高杨看来，她最大的幸运是能得到临沂艺术馆庄慧英、中国音乐学院王士魁、刘畅等名家的亲传身教和各级领导的支持帮助。为了提高艺术造诣，她克服种种困难到中国音乐学院学习。这期间，她在名师的指导下，艺术视野开阔了，演唱水平有了新的飞跃。

2007年1月，在北京举办的独唱音乐会上，她把美声唱法巧妙地糅合于民歌的演唱之中，使民歌的唱法更加丰富、更加细致、更加富有感染力。中国音乐学院声乐系主任王士魁教授高兴地称赞她："理解作品，风格独特，音色宽广，亮丽甜美，是实力派的歌手。"之所以能得到众多大师的青睐，应该说除了高杨的天赋和得天独厚的因素外，更源于她不懈的努力和追求完美的唱质。

高杨现为山东省音乐家协会会员、山东省音乐家协会少儿艺术委员会理事、临沂市音乐家协会副秘书长、临沂市青联委员。近年来，她在市青少年宫为培养临沂的音乐人才尽职尽责。她辅导的学生有十多人在全国少儿声乐电视大赛中获奖。外地的一些文艺团体和单位以丰厚待遇想调走她，高杨却满怀深情地说："我是喝沂河水、吃沂蒙粮、唱家乡的歌长大的，我喜欢唱歌，热爱沂蒙，我要永远为沂蒙放歌。"

是的，沂蒙的昨天在她的歌里，沂蒙的今天也在她的歌里，沂蒙永远是她的歌魂。她以淳厚的民风、优雅的风度和挚爱的深情在歌唱着沂蒙绚丽的时代风采。

愿高杨歌声高扬。

作于2012年5月

万紫千红总是春

——为张一涵①《琅琊名士多》序

蒙山巍巍，绵延八百里；沂水滔滔，奔流千万年。

"鲁南古城秀，琅琊名士多。"几千年的文明，历史人物荟萃，教育家曾参在这里授徒，思想家荀子两任兰陵令，更有千古留香的书圣王羲之和铁骨忠烈的大书法家颜氏二卿，他们的名字灿若星辰，光照千秋，折射出沂蒙大地人杰地灵的光辉。

纳蒙山之灵气，汲沂水之膏泽。人类孕育了文化，而文化又重塑着人类。临沂，这片文化积淀深厚、风景独特的沃土，对生于斯、长于斯的沂蒙人来讲，无疑产生了潜移默化的影响，为培育优秀杰出的书画家创造了得天独厚的自然条件。

火热七月，炽热的情。前几日，青年作家张一涵送来她的《琅琊名士多》书稿，让我为其写序。我思忖再三方应允。打开《琅琊名士多》书稿，边赏边读，如品茗会友，竟心生波澜，看书家墨色纵横，看画家丹青描摹，

① 张一涵，山东临沂人，青年作家。现为中国散文学会会员、中国楹联学会会员、临沂市政协委员、临沂市青联委员。自2011年开始，连续出版大型系列丛书《琅琊名士多》（八卷）。著有《你好，父老乡亲》《蒙山沂水育远通》《沂蒙诗画》《等闲识得东风面》《东风绽放花千树》《点亮心灯》《硝烟中走来女神》《战旗下剑苍穹》《沂蒙老支书》等多部作品。

色彩斑驳，光影淡淡，想起唐诗、宋词，仿佛春风拂面。

书圣故里，瀚墨飘香。50位书画家，他们把如诗如画的沂蒙歌颂，把对锦绣中华的大爱融入笔端，充满激情地创作了一幅幅立意新颖、形式多样、寓意深刻、技法精湛、气象万千的佳作。这些艺术家们用书画的独特魅力，以丰富多彩的笔墨向人们展示了千姿百态、百花争艳的美丽画卷，描绘了祖国大好河山和大美临沂欣欣向荣的景象。

一涵怀着对家乡的眷恋和热爱，以舞动的妙笔，记录下书画界琅琊名士的风采。书中，所见的是一章才情，所写的是一团散墨，所留的是一壶老酒，所表现的是一腔挚爱。鸟语花香，山高水长，还有一轮明月在湖心荡漾着。这就是书画外的真味，如汩汩而流的一泓细泉，淌过茶花边，轻声呢喃、潆洄、流连、不舍。沂蒙的历史和文化以书画的姿态，生生不息地流传；山水和花果以丹青的着色，熠熠生辉地灿烂。

石蕴玉而山辉，水含珠而川媚。沂蒙因有这样一批孜孜不倦、成就显著的书画求索者，琅琊古老文化的底蕴上才有了如此绚丽的亮色，也才有很多美好让大家回忆，并以此为荣。

生活是美好的。在今天，值得骄傲和自豪的是我们临沂有这么多书画家，他们通过学习领悟，继承前辈的优良文化传统，将中国书画艺术推向了一个新的高度。我想，真正的艺术是永恒的，它虽存于一瞬，但每件艺术品都独一无二而精神永存。这些艺术品的作者，都是接通了天地灵气的能人。艺术家们以书画的形式向千万沂蒙父老乡亲汇报，向建党90周年敬献了一份厚礼，当真是满腔赤子之情，正如哲学家老子在《道德经》所云："含德之厚，比于赤子。"所以，我在翻阅书稿的过程中，不仅敬重钦佩，而且有许多感动。

作为80后的一代年轻人，一涵天资聪慧，善良真诚，勤奋执着。这几年，她刻苦学习，努力拼搏，屡有佳作问世。《琅琊名士多》这本书是她奉献给沂蒙、奉献给她热爱的家乡的一份赤诚之心。书中，作者运用评论报道的方式将50位当代著名书画名家的人生历程和经世之作汇成一集,似山泉汇成海碧,如祥云呈现七彩,亦如百花争芳斗艳,更像丝竹五音和鸣。这既是她多年求索的印证,亦是才华和汗水的结晶;既是艺术的总结,也是友谊的链接。

"等闲识得东风面,万紫千红总是春。"国运昌盛,文运必兴。书画艺术历来是陶冶人民道德情操,丰富人民修养,推动社会进步的重要力量。也因为此,临沂市委市政府提出了建设文化名市的战略目标。我相信,此书的出版对宣传临沂,弘扬沂蒙精神,进一步推动文化大发展大繁荣将会起到积极的作用。

沂蒙文化,源远流长。自此,临沂又多了一道靓丽的风景;我的案头又多了一本好书。祝愿一涵锲而不舍,继续努力,写出更多更好的无愧沂蒙、无愧伟大时代的好作品。有感于此,是为序。

作于2011年8月

情致浓时皆文章

——为方琦^①《夜色方琦》序

临沂市广播电视台的同志要我为方琦即将出版的《夜色方琦》写点东西，我欣然应诺。原因是方琦主持的都市之声广播情感夜话《夜空不寂寞》是一档十分受广大听众欢迎的品牌节目。作为一个党的老宣传工作者，同时也是这个节目的听众，我有责任和义务为这个节目的成功和发展谈点感想。

垂垂夜幕，尤显静穆。《夜空不寂寞》每晚如一缕心灵煦风缓缓飘过临沂这座历史古城。《夜空不寂寞》因为有方琦的声音而进入千家万户，至今，它已与临沂人民相伴八年之久，并相互习惯了彼此。仔细翻阅《夜色方琦》的清样，令人心情不能不为之震撼，不能不与之共鸣，又不能不令人回味。这堪称是我市新闻界的一部力作。

八年，对于一档广播节目来说，是一段绵长涤荡的历程。酸甜苦辣味自知，但岁月的沉淀让节目更加稳重成熟。《夜空不寂寞》创造了一个奇迹和神奇，这是广播人对职业热爱、执着坚守的彰示，更是对传媒人毅力、耐力等综合素质的全面考验，它所产生的传媒品牌影响力有效传播了社会正能

---

① 方琦，原名李雪，山东临沂人。现任临沂市广播电视台都市之声广播策划部主任，并主持晚间情感夜话《夜空不寂寞》栏目。她是临沂市广播电视台极具影响力并极受听众喜爱和欢迎的主持人之一，是临沂市广播电视台十佳节目主持人。

量，蕴含着积极的、向上的、高昂的基调，显示出蓬勃的生机与活力。八年，对于一个年轻的女人来说，是一段锦绣年华。而每日用声音温暖夜晚的主持人方琦，凭借超乎寻常的信心、智慧和韧性，以无限的工作热忱和高水准的新闻素养，用时间拉起一道广播风景线，用扎实的工作诠释着对广播工作的忠诚和对新闻事业的奉献。

在快速现代化建设进程中，在实现中华民族伟大复兴的征途中，把握民生脉动，关注民生诉求，解决好民生问题，是见证、检验我们党的政策主张和政府的执政能力与见证、检验各级领导干部治理国家、管理社会能力的一条标准线。而在此过程中，媒体发挥着重要的舆论引领作用，媒体对民生的关注，能有效加速信息的上下沟通，为社会和谐搭桥建梁。

《夜空不寂寞》作为临沂市广播电视台都市之声的一档栏目，充分发挥了广播媒介受众对象广泛、传播迅速、感染力强的个性特点，有效掌握了受众选择性心理结构，科学把握了广播谈话节目传播规律。伴随生活变化的新节奏，《夜空不寂寞》以完善的传播结构版块实现了声波的有效传播，以贴近实际、贴近生活、贴近群众的话题，传递了生活变化的新信息，实现了正面宣传的共振效应，把正面宣传的"传播场""接受场"与波澜壮阔的"社会场"有效结合，让受众深刻感受到时代前进的铿锵步伐，提高了正面宣传的感染力和吸引力，达到了化解社会矛盾、促进社会和谐的目的。综观全书，我认为这档栏目有三个特点最为突出。

其一，内容的丰富性。《夜空不寂寞》作为一个释放听众心事、倾听百姓心声、体味人生百态、感悟人间真情的情感夜话节目，方琦从小问题切入，从家长里短着手，妙语传正气，温情解百愁，深入浅出地理顺民间琐事，用理性思维和法制观念解开一个个民心疙瘩，让听众放松心情，构建了听众的舒心精神家园。

其二，事例的典型性。要反映生活的真谛，就要有典型性的事例。对于广播电视台的夜话类节目报道，不仅要真实可信，而且要形象丰满，能够让人们从中受到启发。方琦从生活、婚姻、爱情、教育、亲情、法律等方面，以饱满的热情，选取最有典型意义的事例进行剖析，让听众在温馨的夜空中喝上属于自己的心灵鸡汤，并从中受到人生的启示和生命的感悟。

其三，风格的独特性。听方琦主播的节目是惬意的，仿佛在听一位老朋友娓娓道来的故事，甜美、悦耳、流畅、蕴藉、亲切，有时又严肃、认真，并敢于批评。也许这类节目更适合这种类似自言自语一样的内心独白，所以读她的文章，不难读出她的内心，读出她的良知、责任和激情。这部书是她八年工作经历的沉淀，也是她沉淀后的感情满溢。这种满溢不是那种一泻千里的喷发，而是像一泓潺潺的小溪，在岁月里悠悠流淌，汇聚成一片静静的湖泊。

《夜空不寂寞》已经八周岁了。一路走来，《夜空不寂寞》用声波将爱心无限传递，话语绵绵润万家，洒下沂蒙都是爱。如果说当年创办时的《夜空不寂寞》是一朵含苞待放的小花，那么现在已经是花香四溢了。它已成为临沂市广播电视台的一朵奇葩，是一档深刻洞悉听众心理的经典之作，向我们展示着人间真善美的波澜世界，是一档对生活高度凝练、对人性和社会的深刻理解以及对心理世界深度理性体验的广播作品。这也是近几年来临沂广播电视事业快速发展的结果。

临沂广播电视台台长周鲁超曾在一次市里召开的宣传工作座谈会上高兴地说："《夜空不寂寞》是我们台适应改革打造名牌栏目、名主持人、名记者、名编辑的成功之作，今后我们还要不断地创新发展。"应该说方琦的起点不高，但是她依靠自己长期坚持不懈的学习和努力工作，取得了显著的成绩。2011年，她被选为临沂市青联委员，还作为临沂新闻界唯一的女代表出席了山东省第十二次妇女代表大会。方琦很年轻，30岁出头，祝愿她继续努力，不断取得新的更多更大的成果。

感谢方琦用她情深意长的文字，带给我们一次精神的回望。是为序。

作于2014年8月

国英风韵

——序《刘国英花鸟画》画册

"何人不爱牡丹花，占断城中好物华。"牡丹作为国花，雍容华贵，花大色美，寓意富贵吉祥，深受人们的喜爱。

我见过许多花鸟画家画牡丹，但刘国英[①]女士画的牡丹却与众不同，别具风格。解读她笔下的牡丹，不啻是对艺术本体的追溯。看她的画，完全是她人品的艺术反映，是她对生活细节细腻的描绘和刻画，是她对美丽花朵的欣赏和赞美，呈现出女性自在的典雅婉约与隽秀温柔的气质和美感，具有强烈的艺术感染力。幅幅画作，或大或小，或红或绿，尽皆妍而不妖，华而不浮，傲而不骄，生而不疏，奇而不僻，且以鲜活的构图而传神，的确画如其人……

刘国英出生在书圣故里临沂，家学渊源，自幼习画，且好学上进，地域文化的熏陶以及所受的传统教育，使她具有难得的文气。国英从曲阜师范大学美术专业毕业，后就读于清华大学美术学院，师从著名画家霍春阳。国英从事美术教育工作20余年。

多年来，她潜心研究绘画，从熟悉、掌握绘画的材质性能，到基本的造

① 刘国英，山东沂水人。从曲阜师范大学美术系毕业后，长期从事美术教育。现为中国书画研究会会员、山东省美术家协会会员、山东画院画师、临沂市美术家协会理事、临沂牡丹轩书画院院长。

型技巧，再到构思、经营画面的能力，都得到了不断提高。她凭着顽强的毅力、艰苦的探索、反复的磨炼，磨出了自己的个性。古来作牡丹画者，画其娇艳、羡其富贵者众，识其富贵之历苦寒者寡。她在吸取传统国画与各家之长的基础上，磨出了自己的花鸟牡丹画特色。她善于用粉，巧于用粉，着色大胆，鲜而不俗，艳而不腻，鸟语花香，有生机蓬勃的气势。牡丹画充分展示出百花丛中最鲜艳、众香国里最壮观的景色，把牡丹雍容华贵的形象表现得淋漓尽致。

刘国英认为，生活中的美，无不是先从自己的认识开始的。其写生、创作，无不是艺术家自身对美的诠释，自身对美的体验和创造。其间，需要不断地开拓新意境，不断地加强自身的文学修养、艺术修养。艺术创作既是情感的劳动又是心灵的创造，既出于自然又出于心源，自然之美与画家的心灵的交感，物象之美与心灵之美的碰撞、升华，才能产生生活的美韵。为了把牡丹画好，多少个烈日之下，多少个星空之下，刘国英历经艰辛，痴心不改，在牡丹前驻足凝望，聚精会神，仔细观察，寻找灵感，苦苦作画。在传统牡丹画的基础上，她融进了自己多年画牡丹的功力，融合了花鸟画、山水画的布局，对国画绘画艺术的创新，充分显示了她绘画的全面技艺与深厚功底，画面给人以强烈的震撼力和吸引力。我想，无饱经风霜的经历，无历经磨难的体会，无百折不挠的精神，难解其中真谛！

刘国英擅长画牡丹、月季、小鸟等题材作品。她的花鸟画风格博大、雄浑而又柔和隽永，兼有广阔与细致两种风格。在写景与造境中，她既有细致入微的描写又有宏观的把握，是一位既具有敏锐观察力和独特艺术视野，又既有激情和有理性的画家。

刘国英现为中国书画研究会会员，山东省美术家协会会员，山东画院画师，临沂市美术家协会理事，临沂牡丹轩书画院院长。她曾先后三次在临沂等地举办个人画展，并出版了多种个人画册。其艺术专题片多次在省市电视台播出。

　　近年来，她的不凡成就在当代画坛引起了广泛的关注，她的牡丹系列作品，多次在全国及省市大赛中获奖，并在各类报纸杂志上发表；有百余幅作品被韩国、日本、新加坡等国家及港、澳、台地区海内外友人收藏。北京的一位著名画家曾这样评价刘国英的牡丹画："格调高雅，构图饱满，笔墨灵活，飘逸生动，色彩富丽，艳而不俗。"来自济南的一位刘姓收藏家称赞道："刘国英的牡丹色调柔美，画风秀丽，散发着喜气、大气、仙气、富贵气，给我一种美的享受。"

　　"有此倾城好颜色，天教晚发赛诸花。"刘国英常说，她要努力把自己的艺术追求融入在为大众所能理解的艺术中，雅俗共赏是她追求和珍惜的艺术风格。

　　综观国英的画，我们看到的不仅是美，而且是情怀的体现。从她画作那清丽的色彩、淡雅的水墨、疏落的用笔及简约的构图之中，我们可品味到"清水出芙蓉，天然去雕饰"的审美情趣。画得多了，自己也就成了画上的人。在国画牡丹的旅途中，我们有理由相信刘国英这个才女画家会越走越好，越走越远。

作于2010年国庆

少年诗中有沧桑

——为代后龙①诗集《举起春天的旗帜》跋

　　记得北京大学洪子诚教授曾讲过一个故事，他的一位博士生将新诗比喻为一位极丑的新娘，将几位研究新诗的北大教授比喻为给新娘抬轿的轿夫。如此这般抬轿说，多少道破了新诗在我们这个千年诗国不受待见的尴处境。

　　近日读少年代后龙抒情诗集《举起春天的旗帜》，我得以一窥他的实力，并为他的才华欣喜。作为一个长辈，一位年近花甲的作家，我要为这个少年抬抬轿子。

　　人不轻狂枉少年。少年后龙是一名高一学生，作为一位诗词爱好者，利用学习之余，对诗词进行了有益的探讨、研究和创作，竟然在短短的三年时间里，写出了1000余首诗词。他不但新诗写得美，古诗也不乏佳作。他所写的千余首诗词被多家报刊网站登载，已有30多篇作品获国家级和省、市、区级奖励，可见其创作潜力不容小觑。如《寄同学》（其一）：

———————————

　　① 代后龙，山东临沂人，曲阜师范大学学生。现为中国散文协会会员、山东青年作家协会会员。2016年1月，被团中央评为"全国最美中学生"。2017年4月，获中国首届大学生诗歌节优秀奖。2013年4月，被表彰为团省委"山东省优秀共青团员"。2014年7月，由新华出版社出版个人抒情诗集《举起春天的旗帜》，其中多篇诗歌在全国获奖。

> 北风楼满倚冰栏，滴水朦胧望不穿。
>
> 歌漫楼台声细细，莺啼小径梦潺潺。
>
> 天涯有意勾疲惫，学业无情成独欢。
>
> 莫道此时多苦涩，回头即是虎龙滩。

这首七律可谓大气磅礴、志向高远，读之振奋人心，特别是"歌漫楼台声细细，莺啼小径梦潺潺"一联，状物描景，贴切自然，令人刮目相看。再看《登长城》：

> 跃上逶迤看远方，苍茫独立守炎黄。
>
> 千旋百转迎风雪，地覆天翻傲虎狼。
>
> 岁月难酬如浪遏，人生易奋似鹰翔。
>
> 不知魏武欲何往？多少桃源俱莽苍。

这首七律，立意深刻，时空宏远，读之倍受鼓舞，尤其是"岁月难酬如浪遏，人生易奋似鹰翔"一联，对仗工稳，上下般配，很难想象它是出自一位少年之手。还有《读书》：

> 黄叶梢头月正明，三更犹有读书声。
>
> 纷纷昭示功名宴，淡淡吹开劳苦情。
>
> 手握乾坤撼日月，心藏壮志动天京。
>
> 前程似锦韶光好，何畏今朝一寸冰！

这首明志诗足以表明后龙对书的喜爱，在勉励自己的同时，也勉励同龄人，要通过刻苦读书成就前程似锦的美好明天。

几年来，后龙读了不少书，游历了不少风景名胜，正可谓"读万卷书，行万里路"，从中也得到了不少的教益，并且也写下了不少的诗词佳句，如"万丈豪情吞日星""我将宝剑试新锋""孤莺啼入楼台外，双燕归来细雨中""易惹小生千夜梦，难求神女一朝缘""四海无情抛泪眼，一心有意寄秋思""江凌青竹千层雾，云迫西山万点松""一跃刀山火海，扫荡人间妖雾，挥剑起宏图""屏风九叠拦我路，拔剑安能频频顾"等。说到这里，我不得不说，这些都是十分难得的诗词佳句，也足见后龙在锤字炼句方面下了相当大的功夫。

其实，写诗到了一定阶段，主要是看其修改的功夫。出口成章且又好的诗词，只是说书人说说而已。真正的好文章、好诗词是改出来的，不是写出来的。苏轼的"大江东去"、毛泽东的"北国风光"、曹雪芹的《红楼梦》是写出来的吗？不是。是改出来的！古今中外，概莫能外。"吟安一个字，捻断数茎须""二句三年得，一吟双泪流""吟成五个字，用破一身心""独行潭底影，数息树边身"等足见修改在诗词艺术创作中的重要性。

古体诗词是中国文化中的精粹，应当大张旗鼓地提倡和继承。如果用实事求是的原则，纵观20世纪中国整个诗坛的状况，便必须直面一个事实，即一个世纪的新诗尝试并不理想，因为新诗并没有走进生活，也没有走进人们的心田，而是走进了死胡同。倒是"北国风光""大江东去""怒发冲冠""床前明月光""明月几时有""白日依山尽""春眠不觉晓""锄禾日当午"等诗句充满着校园、大街、小巷、家庭、书房。但我们根本听不到新诗的声音。君曾见，哪家宾馆、饭店、客厅、办公室等公众场所悬挂着名书法家书写的当代诗人的新诗作品？哪个少年儿童能脱口而出当代诗人的新诗作品？又有哪个母亲教幼儿学习当代诗人的新诗作品？当然，不能据此否定当代诗人的新诗奉献，但也足以说明前面提到的一个深刻的现实问题。

值得庆幸的是，近年来，古体诗词爱好者愈来愈多，犹如长江之浪，一浪更比一浪高。令人可喜的是，沂蒙的少年代表代后龙，竟然在很短的时间里取得了这样大的优异成绩，这不能不说是古体诗词的无穷魅力和它的无穷生命力！这也充分说明，好的、优秀的、成熟的、精粹的中国文化是永远不应丢弃的，它的生命力是巨大的！但也得清醒地看到，诗词界的老一辈大家，眼下秋风落叶，陆续凋谢；新一代崛起的行家，目前真惬人意的尚属寥寥。这就更要求诗词爱好者自己去推敲、修改、炼字，像宋代大政治家、大诗人王安石修改"春风又绿江南岸"中的"绿"字那样，反复修改锤炼，方可使全诗生色。唐代大诗人杜甫作诗也非常刻苦，更重视修改锤炼。"为人性僻耽佳句，语不惊人死不休"，正是他诗词创作的真实写照，也是他成为大诗人的真正原因所在。从后龙诗词中，我们也明显地看到他在推敲、修改、炼字等方面下了很大的功夫，并且也取得了明显的成效，如前面提到的那些诗词佳句，便充分说明了这一点。

后龙的诗歌集合了一些令人惊异的元素，他的表达时而直接，时而间接，掌控自如，让人惊叹。有时，我们说一位优秀诗人的诗歌写作过程是属于一个人的自由绽放，因为那是属于一个人的世界与倾吐，也是一个人的守望。不可否认，这样的诗歌来源于一颗诚挚干净的心。从他的诗中，我们可以看到后龙有着敏锐地感受生活、捕捉形象的能力。

沂蒙群山的雄厚，沂河流水的情深，养育和熏陶了一代代优秀的诗人。代后龙的诗作和他的人生品位与蒙山沂水一样淳朴而率真。他学习刻苦，品学兼优，乐于助人，朴实真诚，多次捐助失学儿童和需要帮助的人，是班级的团支部书记，还被表彰为"山东省优秀共青团员"。在他的诗作中，我们不仅可以感受到悲悯仁厚的博爱情怀和飞扬灵动的敏俏才华，还可以沉浸于诗行间或高远、厚重或温婉、灵俏或凌厉、深刻的多元化的诗境中。葱茏的诗意，闪光的哲思，语言的沧桑，以及尚待努力提高的空间，这就是代后龙诗作留给我的总体印象。

后龙今年刚刚16岁，"小荷才露尖尖角"，我们有理由相信，后龙这样一位已将诗歌创作看作生命中重要组成部分的年轻诗人能写出更多更好的作品，我们期待着。

作于2014年7月

艺术欣赏

一位少将的极致人生

——记中国人民革命军事博物馆馆长孔令义①

他是农民的儿子，从大山深处走进军营；他是不同寻常的军人，主动放弃优越的工作环境，到农场拿起锄头；他是部队演艺团体的带头人，为80多首歌曲创作歌词，带领话剧团创作出八台大戏，获得多项国家和军队大奖；他是中国人民革命军事博物馆政委，利用工作之余实现了书法艺术的三级跳，一跃成为中国书法家协会会员。从农家子弟到解放军少将，孔令义把每项工作都力争做到极致。

山里汉子圆了儿时当兵梦

1955年，孔令义出生在平邑县的一个小山村里，从小接触的是勤劳朴实的乡亲，看到的是革命战争年代的电影，听到的是英雄母亲送儿上前线的故事。"从那时候开始，我就对军人这个职业十分敬佩，想着长大了要去当兵。"在红色热土上成长起来的孔令义，悄悄萌发了当兵的梦想。

---

① 孔令义，山东平邑人，词作家、书法家。1974年底入伍，曾任总政歌剧团政治部主任、总政话剧团政治部主任和政委、中国人民革命军事博物馆政委和馆长。曾创作歌词近百首，有些歌曲在军内外产生了较大影响。现为中国书法家协会会员、北京市书法家协会会员、中国榜书艺术研究会顾问。

当时的沂蒙山区还比较落后，孔令义19岁高中毕业那年还没有见过火车，当地老百姓甚至连楼房是什么样子都不知道，山外面的世界对他们来说是难以想象的。孔令义幼年时当兵的梦想一直都在暗暗滋长，并为此时刻做好了准备。转机终于出现了。1974年，他得知部队前来征兵，他马上报名去体检。由于身体素质过硬，他很顺利地圆了当兵的梦，这对他来说是人生中的第一件大喜事。

"当时没有想到哪里去，只想着能当上兵就行了。结果当上兵以后才知道，自己不仅当了兵，还到了首都北京，那时候心情是格外高兴。"1974年12月，孔令义随部队来到北京，这对他而言是一个实实在在的大惊喜。孔令义当时想，作为农民的后代，从乡下刚到外面来，没有太大的理想，既然当兵的愿望实现了，那就努力去奋斗、去工作。

虽说到了北京，但其实孔令义的部队离北京还有几十里地。压下了想去天安门看一看的念头，孔令义开始刻苦训练。孔令义由于表现十分突出，训练还没结束他就被选上了团代表。在1300多个战士的新兵营里，这样的名额只有一个。能代表战士们去参加团代会是一件非常值得骄傲的事情。就这样，在1975年10月参加团代会期间，孔令义第一次见到了向往已久的天安门。

在每个岗位上都追求卓越

在部队一年后，孔令义又被选为新闻报道员。之前只出过黑板报、写过表扬稿之类文件的孔令义心里却直犯嘀咕，我连新闻报道是什么都不知道，更别说发表文章了。但是凭着一股子钻研劲，在与六个同志一起参加了为期三个月的培训班后，孔令义成了唯一被选进机关做新闻报道员的人，"当时四五千人里面只有三个新闻报道员，一年后只有一个人入选"。虽然说起来这只是一个数字，但是做这个唯一真的不容易。

"那时候全国的报纸都是有限的，在北京，《人民日报》只有四个版，

《解放军报》四个版，《北京日报》四个版，然后就是部队的报纸。那时候还是八开版的报纸，还不是每天都有，一个星期只有三期，所以在当时的情况下，要想写个新闻稿，想上稿的话难度是非常大的。"虽然难度大，但是这次孔令义的起点却令人意外的高，他第一个被采用的稿子就发表在《人民日报》上，写的是连队里一个少数民族战士发扬雷锋的钉子精神刻苦学习的先进事迹。

1982年，中国百万大裁军，部队被裁减的人都面临转业。这时候总政到部队选年轻干部，孔令义凭借一直以来优异的表现被选中。1983年，孔令义到总政工作，这里工作环境虽然优越，但是他却开始坐不住了，他想到艰苦的地方去。1985年1月，孔令义如愿以偿来到部队的农场。其实在来这里之前他心里就很清楚，农场已经连年亏损，甚至是一个开始考虑是否将被放弃的单位。

"战士都是些小孩子，没有大人带着怎么干？"就是在这样的地方，孔令义开始带着战士们实打实地搞生产，在提出了"巩固种植业，发展养殖业，兴办加工业"这个奋斗目标以后，就开始着手兴办养猪场、养鸡场、养鱼场，又开办了一个加工厂，很快扭亏为盈，当年还赚了一万块钱，农场也被保留下来。孔令义在农场因为工作突出，一待就是九年。

九年后，孔令义被调回机关，到老干部管理局工作。对这份在别人看来很舒适的工作，孔令义却难以适应，他像高速旋转的陀螺猛然停了下来，总想找点事干。很多人也劝他不如转业算了。可是对军营的深厚感情怎么能说放就放？孔令义只好先休息了两年。

拿起笔杆子创造奇迹

1999年，孔令义这个不愿意停下来的"陀螺"终于又转了起来，他被调进了总政治部歌剧团担任政治部主任。新的挑战又来了，因为歌剧团的职业是文艺演出，文工团演员看他是只会养鸡、喂猪、搞生产的大老粗，很看不上。孔令义对此也不服气，道你们是"阳春白雪"，怎么都在混时间，没人搞创作、写点新歌？

有人说风凉话了：没人能写，不如你写吧。

写就写，被将了一军的孔令义找来专业书籍，边看边琢磨。"世上无难事，只怕有心人，任何东西，只要你用心去钻研去琢磨了，就可以做得出来。"

结合回老家探亲的那些感想，孔令义用一个月的时间，就写出了第一首歌《忘不了》的歌词。这首歌一经推出，就被北京人民广播电台的《每周一歌》栏目以每天八次到十次的频率滚动播放了一周。从此，孔令义在写歌这条路上一发不可收拾。到现在为止，他已经为《忠诚》《为祖国祝福》《公仆颂》等80多首歌曲填词。这些歌曲目前已经被中央、省级等多家媒体使用过上千次，其中一些在KTV中也能点到。

用作品说话的实干精神，成功地让孔令义得到了歌剧团全体演职员的认可。

2002年，孔令义又被调到话剧团这个老大难单位担任政治部主任。"演员之间互相猜忌，一年到头告状的最多"，这是孔令义刚去第一年眼中看到的现象。第二年，被提升为政委的孔令义有了施展自己想法的机会，他再次发扬从我做起的精神，理直气壮地批驳歪风邪气，端正风气，在"一年打基础，两年抓巩固，三年大进步"的口号下，仅用了半年的时间，剧团已经没有告状信了。大家伙不再相互猜忌，工作也有了干劲。

在剧团的七年，孔令义和团长拿出八台大戏，《黄土谣》《圣地之光》《冰雪丹心》《毛泽东在西柏坡的畅想》《生命档案》等，其中四台获得了国家舞台艺术精品工程最高奖项。"一年全国的话剧有200多部，真正能够得到国家舞台艺术精品工程奖的也就只有那么一两台，我们的得奖率还是很高的。"孔令义说。

其实孔令义刚到话剧团的时候话剧团也是亏损，到了过年过节的时候要账的都跟农民似的，蹲在办公室门口不走。后来剧团立了一个目标，要积极地搞预算外创收，在为部队服务的同时，利用部队的文化资源为社会服务，以最低的价格为大众演出，通过组织不断的演出、拍电视剧、组织剧场创收等办法，话剧团发展到每年能够创收600万元。

孔令义担任政委期间，话剧团有三部大型话剧获得国家和军队各类大奖；两届中央电视台小品比赛总成绩名列第一；参与摄制的多部长篇电视剧先后在中央电视台一、三、八套黄金节目时间播出，在社会上产生了重大的影响；培养了一批在全国有影响的名人名家和中青年戏剧骨干，多次得到上级的肯定和表扬，他本人也多次被评为总政系统优秀党务工作者。

重燃早年书法热情

2010年7月，在部队30多个年头的孔令义被调到中国人民革命军事博物馆担任政委，次年又担任了馆长，"这是一个研究历史、展示中国共产党领导的革命军队的光辉历史的教育基地，这里一年来参观的观众达到500多万人，每天接待任务都很重"。

来到博物馆后，孔令义发现这里集结了一大批画家和书法家。对于早年间写过书法的孔令义来说，这里的环境给了他又一个惊喜。工作之余，在耳濡目染间，他的书法热情被再次点燃了。

每当夜深人静的时候，也是孔令义挥毫习书的时候。"书法界讲究会员制，我来到这里后经常跟李铎、卢中南、李洪海等几位书法名家学习，不断提高自己。"目前，孔令义已经实现了三级跳，从北京丰台区书协会员到北京市书协会员，今年3月他已经成为中国书法家协会会员。

多年来，各项工作都被孔令义做得有声有色。工作中突出的表现让他多次立功。2009年7月，他被评为全军师旅团级单位优秀党委书记，受到总政治部的通报表彰。从农家子弟走往少将的路上，孔令义的每一步都走得很踏实，每一项工作都力争做到极致。总结这些年的经验，身为少将的孔令义只说了一句话："这是因为我有一种坚韧不拔的性格，人生中遇到再大的困难都能够冷静地去处理。"

（原载2013年6月22日《鲁南商报》）

民歌临沂

　　八百里沂蒙，山川秀丽，美丽富饶。在这片历史悠久、人杰地灵的古老土地上，不仅有层峦叠嶂的蒙山，奔流不息的沂水，更有着激荡在山谷间、飘扬在河畔上的动人旋律。近期，中央电视台音乐频道《民歌·中国》栏目播出了"蒙山沂水，情深意长"临沂民歌专辑，让临沂民歌回荡在中华大地的每一个角落，让沂蒙文化香飘世界。

　　《民歌·中国》是中央电视台音乐频道的精品文艺栏目。它以弘扬中华民族优秀文化为宗旨，向全世界介绍中国各民族丰富多彩的民族民间歌舞艺术。本次录制临沂专题，是应栏目组的邀请，并免费录制的。该栏目之所以选中临沂，是因为临沂民歌是山东民歌的典型代表，质朴、淳厚、粗犷、风趣，并兼具北方粗犷和南方婉约的特点，它不仅反映了沂蒙人民朴实、憨厚的性情，同时也是沂蒙人民在历史长河中创造的文化硕果，是中华民族一块引以为傲的艺术瑰宝。

　　市里高度重视这次节目的录制，专门成立了以我为主的工作小组。我们对临沂所有的民歌民舞进行了系统梳理和选择筛选，对一些独特的节目进行重新包装。大家欢欣鼓舞，群情振奋，一致认为要珍惜这一难得的好机会，尽全力把节目录制好。

　　7月底，盛夏的北京酷暑当头，我们一行80多人的演职队伍怀着火一样的热情来到了北京。演职队伍中既有80多岁的老人，也有二三岁的幼儿，还有我们邀请的来自北京、济南的专家和著名演员。

《民歌·中国》的节目形态是访谈与现场演出相结合。每期节目时长30分钟。此次与我市合作录制的系列专题片共六期，每期一个主题和角度，全方位地展示了沂蒙民间歌舞和民风民俗，展现了沂蒙大地的历史变迁，讴歌了沂蒙人民创造美好生活的不屈奋斗精神。在周一《民歌经典》版块中，市领导介绍临沂的基本情况，主要是对临沂的地理环境、历史变迁、革命传统、经济社会发展和文化建设情况进行较为全面的阐述，让观众初识临沂，对临沂民歌产生的自然条件和文化背景有全面的认识。在周二《民歌发现》版块中，市舞蹈家协会主席李凡修先后介绍《猴呱嗒鞭》、柳琴和柳琴戏、《龙灯抗阁》等，让全国观众领略临沂丰富多彩的人文风情、艺术形式和传统乐器。在周三《民歌故事》版块中，我作为市委宣传部领导和作家向栏目推荐秦守印、谭清元、宋守莲等三位临沂民歌艺术家，用现场互动的形式向观众介绍临沂民歌背后的故事。在周四《民歌版图》版块中，临沂市音乐家协会主席陈鸿林先生、临沂民间音乐家邢宝俊向大家介绍临沂民歌的特点与发展。在周五《民歌博物馆》版块中，中国民族管弦乐学会副主席张殿英和著名作曲家刘廷禹推荐《沂蒙山小调》进入中国民歌博物馆。周六《新民歌》版块让观众领略我市传统民歌和近年来创作的新民歌风采。

在节目录制中，每名演职人员都兢兢业业，精益求精，表现出了良好的精神风貌和精湛的艺术水平，被导演组认为本专题节目是演员纪律最好、现场秩序最好、演出效果最好、录制过程最顺利的一期节目。

11月23日，节目开始在央视音乐频道黄金时段播出，每晚一期，次日重播两次，连续一周。我从事宣传工作这么多年，这种高密度的宣传尤其是在央视这样一个中国顶级平台上是不多见的。该节目新颖的形式，巧妙的结构，把临沂民歌以及风土人情诠释得淋漓尽致，不仅展示了临沂的民歌，展示了临沂的发展变化，而且展示了沂蒙人民在追求美好生活、塑造美好心灵、创造灿烂文化过程中的高尚精神追求。

节目一经播出，就立刻在全国引起了较大反响。我接到了天南地北很多战友和亲友的电话与短信，大家祝贺临沂再次通过民歌艺术走向全国、走向世界，称赞节目品质高，艺术魅力强，同时对我在节目当中的表现给予肯定。

节目播出已经近一个月了，但我时常在回味，回味那悠扬悦耳的歌声，回味那优美曼妙的舞姿，回味那演职人员与专家学者对沂蒙的热恋和崇敬。

我在节目现场介绍的三位民歌艺术家中，谭清元老人已经80多岁了，但精神矍铄，热情不减，他一手持竹板，一手持撒拉机子，上身斜背花鼓，胸前挂面小铜鼓，吐词清楚，节奏明快，诙谐幽默，别有风味。79岁高龄的秦守印老师，身板硬朗，声音洪亮，他在电影《沂蒙六姐妹》中演唱的《沂蒙山小调》沧桑、悲壮，撼人心魄，催人泪下；在现场，他演唱的《歌唱大生产》，高亢激昂，声情并茂，真假声转换自如，让人耳目一新。还有作为《沂蒙山小调》第三代传人的宋守莲，其装扮透着沂蒙人的朴实无华，其声音透着沂蒙人的淳朴善良，她用原汁原味的《沂蒙山小调》诠释沂蒙这片土地的美丽、富饶与崇高。她的声音与著名歌唱家王世慧老师那优美的唱腔相得益彰，她们用歌声向世人展示出一个风光秀丽、多姿多彩的新临沂。

"把龙舞到北京"，这是河东区九曲街道三官庙社区居民的口号。"龙灯抗阁"具有200多年的历史，特色鲜明，粗犷奔放，气势宏大，在全国舞龙中独树一帜，是我市的一张文化名片。此次入选《民歌·中国》，全社区居民都兴高采烈，个个摩拳擦掌，跃跃欲试，但受演出场地限制，只去了十几个人，但他们毫不懈怠。伴随着激昂的打击乐，一条长龙上下翻腾，左右舞动，抗阁不断交叉变换队形，阁上的儿童随着音乐的节拍配合着下阁表演着各种欢快的动作。现场的观众和工作人员被这样的表演形式深深吸引，瞪大眼睛仔细观赏这一奇特的表演方式。从北京归来后，他们的自豪感和自信心得到了极大的增强。10月份，我有幸又带领该社区40多人的演出队到济南参加了第十一届全国运动会开幕式前的表演，得到现场数万观众的好评和喝彩。

《沂蒙山小调》这首歌，承载着我们沂蒙人太多的光荣与梦想，已经流淌在我们沂蒙人的血液里。多年来，它唱遍大江南北，历久弥新，被联合国教科文组织确定为中国最具代表性的两首民歌之一，享有"南有《茉莉花》，北有《沂蒙山小调》"的美誉。如果说临沂民歌是汉族民歌的代表，那么《沂蒙山小调》就是这代表中的经典。

在节目中，《沂蒙山小调》始终作为主线，一而再、再而三地响起，一而再、再而三地被专家学者热议。在济南举行的第十一届全国运动会开幕式上，它以各种形态在前后八个段落里反复出现，贯穿始终，成为开幕式背景音乐的一条主线。在《民歌博物馆》推荐歌曲时，中国民族管弦乐学会副主席张殿英和曾经创作《沂蒙颂》的著名作曲家刘廷禹毫不犹豫地推荐了这首歌，这真是实至名归，当之无愧。

品味经典而温故知新，传承文化又与时俱进。在本次专题节目《新民歌》版块中，由我作词的《家在沂蒙山》和王丽达演唱的《沂蒙山，我的娘亲亲》等一批新民歌展示了临沂民歌的勃勃生机和新的艺术魅力。

岁月如歌，大地如歌。美妙的沂蒙民歌，是沂蒙人民在追求真善美的生活中创造的一朵艺术奇葩。乘着歌声的翅膀，大临沂、新临沂正在这片古老而神奇的土地上崛起。伴随着大临沂、新临沂的铿锵脚步，我们正一路高歌，歌唱美丽的家乡，歌唱美好的生活，歌唱我们伟大的祖国。

（原载2009年12月《音乐生活报》）

荡胸生层云

——著名书法家杨炳云①先生的书法艺术

　　大多数的书法家都行走在一个没有目的旅途上，虽然可以随手捡拾路边的名利金块，但是，随着背负的包袱越来越重，他们忘记了一开始出发时内心向往的高峰。也有一些在写字的道路上一味地狂奔，但是，他们居然连传统文化的行囊也抛弃了，亦难以登上梦想中的书法泰山，就像一颗浮躁的心，无论如何参禅打坐，也难以体悟彻悟的宁静。

　　真正的书法大家从来都是心无旁骛、自娱娱人的，以济世情怀将自己的作品、学问布施天下，这让我想起了老友炳云先生饶有品位的书法作品。

　　当面对一位儒风萦怀的书法家时，你很难想到他曾经当过兵。遥想当年，我们都是扎根西部边陲的解放军战士，后来，我沉醉于文字，以文章记录生活点滴；炳云投身于墨海，以笔墨书写盛世豪情。书法作为与诗词文章同等的国学载体，它的真谛是教化而不是简单的赏玩。与炳云论道，闻听他对书道知其然亦知其所以然的真知灼见，恍然觉得于传统文化有所觉悟。炳

---

　　① 杨炳云，山东无棣人，著名书法家。曾任中共济南市委宣传部副部长，济南市文联党组书记、副主席。军旅十数载，专职部队文化工作，转业后继续从事文化宣传工作，仍醉墨池，每忘休辍。2010年，在山东省美术馆举办个展。出版有《杨炳云书法集》《杨炳云书法艺术鉴赏》等多部专著。现为中国书法家协会会员、山东省书法家协会顾问、济南市书法家协会主席。

云知道，一个优秀的书法家首先注重的要师承有序，要有源头活水的滋润。这种文化意义上的师承不仅是传承文化，也是发扬国学，更是弘扬书道。他精深的书学见解和学书体悟，才是对书法最大的贡献和布施。

很多时候，我们只是一味地探讨书法作品，却忘记了寻找它的源头。当登临泰岱一览众山小时，我才找到了炳云的书法源头：泰岱石经的厚重贯穿了他的笔墨和情感。现在他依然未曾中断几十年如一日的读帖、临帖、创作，他笔墨直入汉晋，在书法艺术上有很高的自我追求。

我们知道，一幅精彩的书法作品一定是简单、有性情、不拖泥带水的，它所表现的不仅仅是作者的笔墨技巧、造型能力，而是透露着他的学问、道德和修养，以及他的见识及各种阅历。有大的人生格局，才会有大的书学修为。书法不是简单的写字，它是笔法、字法、墨法、章法的综合体现。炳云作品中透露的泰山经石峪渊源和章草气息才能真正代表炳云先生的笔墨功力和作品内蕴。

清人杨守敬认为北齐《泰山经石峪》刻石"纡徐容与，绝无剑拔弩张之迹"。石经的用笔优游自如，从容不迫，风神淡泊，雍容大度，包融篆隶而妙化为楷，结构浑穆宽阔、舒博壮健，颇和炳云雅健雄深之怀抱。

章草是格调高雅，非常高古的一种书体，历代参习者远不如其余书体。大书法家王世镗曾说："习今而不知章，是无规矩而求方圆……其卑俗浮滑自不待言。"大书法家沈增植说："凡治学，毋走常蹊，必须觅前人忧绝之境而攀登之……章草自宋明以后几成绝响，孰能兴灭继绝？"炳云难能可贵的选石经为源头、以章草作为自己的突破点，实在是独辟蹊径。

另外，我觉得炳云在篆刻方面应该下过功夫，至少研读过不少著名艺术家的篆刻作品，因为炳云雄浑古穆的作品神采飞扬，字断意连处干脆利落，若切金断玉。其在笔画的连接处能留住、收住笔，结字处气脉酣畅，韧劲十足，能够别具匠心地超越传统碑帖，透露出篆刻一样的金石气息，足见其把握笔性的深厚功力。他的作品古拙凝重，清新洒脱，在继承传统中独出新意，自成格调，有淡泊的君子风骨，体现的是巍巍泰岱一样的荡胸豪气、阳刚大美。

胡锦涛总书记说："文化是一个民族的精神和灵魂。"同理，文化也是一幅书法作品的精神和灵魂。作为一名德高望重、治学严谨的学者书家，炳云的书法修养是全方位的，真、草、篆、隶诸体皆擅，点画苍秀而骨力内敛。他以一身正气、两袖清风为做人信条。其为人之高风亮节，为时人所赞誉；其为学之佳思妙悟，令人感触颇深。他把道德修养、文辞华章、书法技巧熔于一炉，把国学经典和时代主题相结合，卓然自立地给后学做出了攀登书学泰山的榜样。

"每怀古人自知不足，既生斯世岂能无为。"齐鲁大地激荡着深厚的文化和历史，适逢文化强国的大潮风起云涌，炳云于安详从容的气度中透露出了充满个性、内峻外和的特色，足见其对书学的执着之心。他将颜鲁公雄浑凝重的磅礴气势、泰山石经的古朴阳刚和自我光明磊落的道德情操融入自己的书作里，其潇洒脱俗的书法造诣自然臻入化境。他博撷诸家，学古人而不为古人所限，以个人审美原则取舍，形成了自己清正大雅的格调。

多年来，炳云身居要职，却不追名，不逐利，俭朴内省，潜心于书艺，醉心于书道，不骄不躁，不卑不亢，以书养志、养心、养德、养情，塑造了他光风霁月的高尚人格，也成就了他安静简穆、气韵灵动的书法艺术。

深深的文化根基，炉火纯青的技艺，再加上融入其中的豪迈高古的感悟，让炳云在灿若群星的书法家队伍中拥有不俗的位置。未来，炳云将继续行走在书法泰岱的山路上，进一步把传统文化和时代新风相融合，在泰岱之巅放眼天地大观。他将不断创作更多蕴含中国传统文化精粹的书法精品，成为新时代书法文化大发展的践行者和推动者。

（原载2012年6月《羲之书画报》）

磅礴入纤毫

——谈侯承义①书法艺术风格

"当书法超越艺术，洋溢书法家个性与品德的时候，书法便达到了它应有的境界。"侯承义先生在谈到对书法的追求时，他的表情是坚定的。

近年来，侯承义的书法之所以得到了书法界、社会书法爱好者的广泛好评，是因为其作品独具鲜明的个性。在酣畅奔放中，每一笔，每一画，都倾注了精气神儿。在充分继承的基础上，他逐渐形成了自己的艺术风格。他的书法开张跌宕，灵动自如，是力量也是信念，是功夫也是悟性，巧妙地容纳了自己对人生世态的放达心怀，将其自身的豁达随和、幽默热情而又从容淡然的个性表现得淋漓尽致。

斗室之中，翰墨芬芳，清茶飘香，研一池古墨，铺一张素纸，拈一管柔毫，悠游于黑白世界之间。在临沂北城新区环球香樟小区的一栋居民楼内，侯承义先生笔走龙蛇，演绎着自己的翰墨人生。他谦和的为人风格，儒雅的文人气质，豁达的处世态度，似清风如沐，甘霖会心，让人很容易走近他，

---

① 侯承义，山东平邑人。曾入伍十余载。现为中国书法家协会会员、山东省书法家协会会员、中国电力书法家协会理事、临沂市书法家协会楷书委员会主任，曾连续两届被临沂市评为专业技术拔尖人才。1995年，他被山东省文化厅评为"山东省十大杰出青年书法家"，曾多次在全国书法大赛中获奖。

走进他的书法世界。

艺术之旅，其实是一条无尽之路，一座无巅之山。侯承义总角闻道，弱冠学书，漫漫征途，一步一个脚印丈量经典，走得稳健扎实。

四十余年来，侯承义临池不辍，遍临碑帖。他得到当代书画名家卢坤峰、王镛、邹德忠、顾志新等指点，书艺精进。真、草、隶、篆、行诸体皆擅，尤精小楷。楷书源于唐楷，直追魏晋，古朴、厚重、典雅；同时融入"二王"行草笔意，具小中见大、拙中寓巧、静中蕴动之风格。草书点画沉稳、扎实，圆润流畅，且守法谨严，作品大气磅礴、气韵生动、纵横恣肆、神采动人，颇具颠张醉素之神韵。隶书有秦汉之风，方中见圆，朴茂端庄。篆书具金石气，有散氏盘、毛公鼎、石鼓文遗韵。尤其是他特别注重字外功文化素质的修养，于诗词歌赋中寻找创作灵感，于社会生活中激发创作激情。20世纪90年代初，侯承义便加入中国书法家协会。1998年，他的小楷书荣获"兰亭奖·美术金彩奖"，在书坛产生了较大的影响。

提起书法，人们想到的往往是精美、文雅、大气与自然。人们总想在其中找到一种美感与文化的尊严，甚至是精神寄托。侯承义的书法作品让我们明白了这样一个道理：书法是国学文化的综合体现，是一个人文化、气质、个性、修养、素质和知识的整体展示。

书痴者文必工，艺痴者技必良。侯承义先生书作之内容，离不开中国历史上的贤贤君子，名诗名作。少则名言警句，多则传世文章。且每每书写必先悟其文意，入其情态，至境至情，以书"我"之心敢当莘莘大者，此谓遂成佳作之理也。述之易，为之难，必须取决于书者对传统文化的熟知与了解。传统文化概念之宽泛，基本要素有宗教、哲学、文学、政治、艺术、家庭与社会；文化价值有人生价值观、自然价值观、知识价值观、审美价值观等。其文化特征为统一性、人文性、泛道德性、中庸和平之人文精神。他在传统文化上扎根，汲取营养，消化吸收，以传统文化底蕴为根基，孜孜不懈地刻意追求，真正实践了书法与传统文化的有机结合，这就是成功的基本因素。

　　书法是一种观赏艺术。综观侯承义的草书作品，给人的第一感觉是线条优美，婉转流畅，气韵生动，大气不俗，格调高雅。虽为草书，但行笔不激不厉，不急不躁。似乎可以看出，书家是在一种气定神闲的精神状态下创作出来的。

　　书家造诣的高低，最终是要在作品的性情中反映出来。可以说，表达"性情"是书家终生追求的目标。然而书家的性情有雅俗之分，书法水平高低，当以格调为要。侯承义的草书作品格调高雅，字里行间透出一种优雅的气质，犹如一个人虽未穿名牌服饰，但很有气度和神采，一看就给人赏心悦目的美感。当然，书法格调高雅是难以强求的，犹如村姑再刻意修饰打扮，也总是缺乏一种气质。所以格调高低，归根结底在于书家的学识与修养，是书家精神气质长期涵养的结果。志高则韵高。有学识有修养才能对传统书法艺术有较深刻的理解，才能立意高。立意高，才能品位高。

　　书法艺术最基本的特点应是追求美，给人提供美的享受。要细细品味侯承义草书的美，就不能不谈到作品的形质和所表露出来的性情。

　　就"性情"而言，侯承义不是那种具有狂热抒情意识的书家。从创作修养来看，他是属于那种张弛有度，具有理性抒情意识的书家。所以他的草书作品无论是从笔法、墨法、章法来看，还是从结字和线条的质量来看，具有三个明显的特点：一是清整，"清"则点画分明，起始有节；"整"则形体不偏不邪。二是温润，"温"则性情不娇怒；"润"则折挫不枯涩。三是闲雅，"闲"则不矜持；"雅"则不恣肆。这些特质也正是书家们所应具备的内功。

　　就"形质"而言，侯承义草书有一种线条美。察其笔势，可见中锋用笔的功力，笔势美，线条美，需从用笔精熟中来，所以作品表现出线条圆润，骨力洞达。他特别注意草书字体的规范，喜欢写有法之书，这正是他多年来养成的严谨作风在书学中的体现。由于中锋用笔熟练，所以他在书写中能以静制动，寓严谨于线条的纵逸之间。也正是他从中锋用笔而来，故能不失规矩，而且点画内质良好，才使他的草书线条干净利落，且有力度。有力才能有势，有势才能得气，得气才能得神。因此，侯承义的草书婉转流畅，神采飞扬。

侯承义先生在书法创作之余独成一派画兰竹，寥寥数笔，写翠竹几竿、芳兰数丛、巨石一壁，表现出欣欣向荣而又兀傲清劲的精神。巨石仅以淡淡皴染，就突现了凌厉峭拔的气势；翠竹枝干粗细相间，竹叶疏密成致，迎风摇曳，细致坚韧，苍翠之感油生；兰草疏密相间，虽一丛丛地分散，但在竹、石的有机穿插和统贯下，不仅各丛之间有呼应，而且与竹、石构成有机的画面。从整幅作品来看，笔情纵逸，但又苍劲严整，颇得萧爽之趣。而题画诗，不仅拓宽了画意，并且补充了画面的空虚部位，使整体平衡紧凑。特别是兰竹画法——中锋技法，这种富有契机的创作，没有书法的深厚基本功是难以成就的。

中华文化，博大精深；书法艺术，源远流长。想起前不久读到的以书法而名的《兰亭论坛》的宣言：“中国书法具有五千年以上的历史，丰富的人文内涵，典型的意义生成机制，精美而无穷的图像系统，都通过文字的日常使用，而对中华文化的精神产生了重大影响。对书法技法的不断深入地关注，使我们能够提出许多前所未有的中国文化的命题；对书法的现代阐释，将成为中国文化研究中新的充满生机的领域。”我想这对于弘扬中华民族的书法艺术是非常有意义的。

侯承义的书法艺术，既厚重又不失灵气，既传统又不乏个性，这在十分功利和风气浮躁的当下，是非常不容易的。他不为环境影响，静心修行，日渐积累，使自己的书法成为一种智慧与风骨。实际上，厚重是一种风范和境界，也是一种人格与高度。

事实上，书法也是求真的艺术。文如其人，讲的是人品；字如其人，讲的是才品；书如其貌，讲的是字品。唯有真知，才有灼书，画为意，书为法，书画皆心意，书于灵魂，形于外表。我想侯承义会取得更大的书法成就，这应是可以期待的。

［原载2012年7月13日《临沂日报》（兰山版）］

文心化沂蒙

——读王恩民①先生《沂蒙好风光》旅游系列丛书有感

蒙山巍峙，一派圣贤豪气在；沂水苍茫，九州胜迹古风高。

国运昌盛，文运必兴。近日，王恩民先生送来由他编著、由中国文化出版社出版的《沂蒙好风光》旅游系列丛书（第一册《沂蒙绿色游》、第二册《沂蒙红色游》、第三册《沂蒙金色游》）。我满怀喜悦的心情，仔细认真地阅读了这套散发着油墨馨香的新书，感觉清风拂面，受益匪浅。

我认为这是一部集中展示沂蒙好风光的系列丛书，这是一套全面反映大美临沂发展变化的工具书，这是一幅精心描绘沂蒙人民在新的历史时期发扬革命传统并取得巨大成就的精美图卷。这部作品融思想性、艺术性、可读性、实用性为一体。每个篇章都浸透着王恩民先生对沂蒙父老乡亲的深情和对这片古老而又充满生机的土地的一腔赤诚。综观《沂蒙好风光》全书，我认为以下特点比较突出。

一曰立意高。近年来，临沂把旅游业作为国民经济支柱性产业进行培育扶持，以"建设旅游经济强市、红色旅游名市"为目标，"大旅游、大产业、大发展"为工作思路，凭借得天独厚的资源，认真实施"沂蒙好风光"战

---

① 王恩民，山东莒县人，高级编辑。曾任大众日报临沂记者站记者，临沂日报社副总编辑。有多篇新闻作品在全国和省好新闻评选中获奖。出版有《沂蒙脚步声》《沂蒙孝星》等个人专著。

略，取得了骄人的成绩，在全省乃至全国有了较高的影响力、知名度和美誉度。随着全市旅游业的迅猛发展，为了全景式系统化地进一步宣传临沂、推介旅游，提升城市旅游功能，打造特色旅游品牌，让世人更充分更全面地欣赏沂蒙风光，解读沂蒙精神，感受沂蒙亲情，《沂蒙好风光》系列旅游丛书应运而生。

二曰材料实。恩民先生是位老新闻工作者。多年来，他一直关注和收集有关临沂旅游方面的书籍和报刊。为搜集资料，他经常去逛古玩书画市场，看到前些年出版的有参考价值的书籍，如《临沂历代诗词选注》《临沂风物史话》《孙膑兵法及马陵之战研究》等书，都不惜自费高价购买。前年冬天，为编著《沂蒙金色游》，他不辞辛劳，骑自行车近十公里，到城西的临沂农科院资料室找到了20世纪80年代出版的《沂蒙特产开发指南》一书。丰富的资料积累，使书中所述史实皆有依据，景点现状介绍均有出处。同时，他重视对景点景区的实地考察，书中介绍的主要景点景区，他都去过多次，并把"一字一句对读者负责"作为自己的写作目标，像写新闻报道一样，把"真实"作为第一原则，坚持做到：对涉及史实的书稿，一定要查阅文献资料，反复核实，力求准确无误；对新建开放的重要景点，一定要进行实地考察；对相关部门提供的介绍资料，能去景点看的尽量去看，实在不能到现场的，就电话联系，反复核实。

三曰文风美。恩民先生紧紧抓住"沂蒙好风光"这一主题，从绿色沂蒙、红色风情到金色旅游，从地理、风物、掌故到重大历史事件、历史人物，特别是改革开放以来取得的巨大成就，他都精心架构，以意为宗，条分缕析，剪裁得体，为人们展现了既有丰富思想内容又有真情实景，既通俗易懂又生动有趣，以精炼朴实的文风，全力描绘出"山水沂蒙，商城临沂"城市旅游新形象和新品牌。在他的笔下，临沂集北方妙景之雄，兼南方佳景之秀，名胜古迹掩映其中，与之交相辉映，令人流连忘返。在这里，寺有寺的传说，湖有湖的故事，历史名人不同凡响的经历和传奇，共同构成了临沂旅游资源深厚的文化基石。

　　石蕴玉而山辉，水含珠而川媚。临沂因有这样一批孜孜不倦、成就显著的宣传文化工作者，琅琊古老文化的底蕴才有如此绚丽的亮色，也才有更多让大家记忆深刻的美好。愿恩民先生有生之年，保重身体，再出精品，为推动临沂文化繁荣发展谱写新的篇章。

　　　　　　　　　　　　　　（原载2012年9月21日《临沂日报》）

融古集善成大美

——丁元国①书法艺术的特色

　　书法是一门"磨人"的艺术，没有捷径可走。有书法家说："一天不练走下坡，三天不练问题多，十天不练手抖活。"我认为此话是十分有道理的。没有多年扎实临帖的书法，终究是缺了些气韵和行道。所以书法家的"得道"往往比较晚，也有个别年轻成名的，但更多的境遇是"天际通会，人书俱老"。

　　丁元国先生走的正是这样的一条书法艺术道路。他20世纪50年代出生在大海边的日照市。在那生活比较贫困的岁月里，他天资聪明，学习刻苦，在村里是人见人夸的好孩子、好村医。之后，他应征入伍参加了人民解放军，在部队里得到了锻炼提高，入党，提干。从部队转业后，他长期在临沂卫生系统工作。多年来，他始终酷爱书法艺术。他写字，说得简单点是爱好，说得深刻点是精神追求，所以他并不急于成为所谓"名家"，他的字也就经得起人们冷静地评价，认真地欣赏。

　　临沂著名文史学家刘家骥先生观后评说："丁元国先生多年来研习各种汉碑的书体，既有齐鲁各汉碑风韵，又有石门汉隶的气质。特别还吸收了西汉竹简隶书的精髓，而成一体。从他的隶书中可看到各种隶书的成分。"

---

　　① 丁元国，字乐泉，山东日照人。1974年入伍，在军营从事医务工作，转业后一直在临沂市直卫生系统工作。现为中国文联民间根雕艺术委员会评委、中国书画家协会会员、山东省书法家协会会员、中国红旗画院临沂分院顾问。2013年，书法论文《写字书法合为贵》入选中国书法家协会在上海主办的《当代书法创作暨中国书法如何走向世界——国际论坛论文集》。

丁元国的老师，著名书法家惠玉昆先生称丁元国的隶书："感慨于著名书法家高庆荣的守古得真，得悟于《兰亭序》的变与逸、《张迁碑》的古拙灵动与'无章'，得益于张继的'吃透一帖，融会贯通'，得放于欧阳中石的'去（形）见其才'理论，大胆出新。"

古人有"墨分六彩"之说，即"浓淡，枯湿，燥润"。若能妙用六彩，湿中带燥，将浓逐淡，由润渐枯，涩润交融，行笔中必然有快有慢，一会似急军奔腾，一会似赴蜗蠕动，墨色会由润似春水繁花，转又燥似秋韵梨耕。既有清泉川流、古琴荡耳之声，又似有明月洗心、闻鸡起舞之快。挥毫已成乐曲，泼墨也成欢歌，像无声旋律回荡，似高歌已越千山万壑，此种境界岂有自我乎？忘我已成善举，作品岂不善目祥容？岂不赛画也？

丁元国把这种逻辑现象运用于创作中，他笔下流淌的墨，焕然成为自然和心路情绪的熔浆，喷射而出的是责任的牵动、修养的积淀、灵性的闪动与美仑的博现。其既是情感的爆发，也应是法则与技法融会的迸射，还应是气势的贯穿。行笔也君临一切，任其抑扬顿挫，逆顺转折，枯润畅涩，全任自然。在引古出新的章法上，疏密虚实，跌宕飞卧，畅爽秀逸，出其不意，自然匠心独具，相映成趣。观者不觉疲乏，随字顺笔陶醉于里，张弛于外。

一分努力，不一定有收获，而百分的努力定有十分的收获。专注与钻研是其成功的基石。近年来，丁元国的第一篇论文《写字书法合为贵》就被中国书法家协会在上海举办的国际论坛上选中出版。他的一些书法文章和书法作品也不断在各种报刊上发表。他还成为中国文联民间根雕艺术20位评委之一。在第三届中国临沂书圣文化艺术节上，他精心制作具有浓郁地方特色的水印《兰亭序》，受到社会各界的肯定和赞扬。已故著名文史学家、书法家、"临沂书圣文化节"倡议者王汝涛老先生见到后激动不已，欣然为他题词："兰亭集序题御诰，书画篆印点缀巧。先贤音容画中真，羲之故里琅琊耀。神品翰墨晋韵深，精仿巧辑出奇妙。尚待丁郎更奋进，沂蒙文化一升腾。"

丁元国在书法创作中力求变化中求稳，稳中求活。在书法运用上，率意活脱，方圆参差，折转互用，平波交替，有简书的不规，石门颂的纵逸，艺瑛碑沉稳，张迁碑直方，行书的随性，偶有篆笔的弯和，具有汉碑的古拙朴茂沉稳之气，虽少一些明清书法的描绣，但绝不乏晋风的灵变与秀逸，字字有情触，笔笔有神韵，字里行间透着一股书卷之气，这种精巧的融会，有一种趣味天成之感。

古人云："字如其人。"丁元国的字温儒俊雅，与他温和的为人、俊朗的外貌很吻合。我与丁元国交往的时间不是很长，但部队生活的经历和共同的书法文学爱好使我们之间的沟通和了解多了起来。在近日的一次文友小聚中我还得知，他的夫人赵女士还是我母亲的不远的本家侄女，这样我们又多了一层关系。在与丁元国的接触中，我注意到他一直在各种风格的隶书法帖中，寻找着最细微最有魅力的笔迹和墨趣。在严守法度、习碑临帖的刻苦中，他对自己书法的间架结构有了心得，对书法艺术的精髓有了觉悟，尽管他的字还留有所谓正经书家的韵味和笔意，但他毕竟开始"写"出了自己。"写"出自己，更重要的是写出格调，而格调是要靠修养慢慢滋润的。显然，纯粹的写字也可能把字写好，但要写出气象，写成大器，仅拘泥于书法技巧是远远不够的。丁元国深谙此理，他知道要写好字，需要有好的修养和胸怀。

这种修养必须面向大众，择善美而学。这种胸怀，必须放弃自我情感，守正避邪，追雅俗共赏而融。这恰恰是一个艺术家应有的、不可缺少的"真、善、美"的境界。而恰恰是这种开阔大气的思想境界，让丁元国的书法超然物外，别具一格。他已把自己沉静扎实的人生当成了书法。欣赏他洋洋洒洒、盈盈数尺的书法，我不由得顿生感慨：融古方能出新，集善方成大美。出新是最好的继承和广大，大美则是全人类追逐的目标。

丁元国的心语是："只有潜水员才能了解水底的奥妙，只有名医才是真正医治疑难杂症的高手。"

衷心希望丁元国先生认真总结和检视自己，锲而不舍，殚精竭虑，奋力拼搏，在书法创作的道路上，以坚定的步伐走得更高更远。

作于2013年7月

阳君沂蒙画赋

辛卯初夏，闲暇一日，繁花似锦，满目葱茏。与阳君沂水畔坐闲庭，品茗会友，畅叙幽情，纵论古今。

画家刘阳[①]君，世居北京，少年大成（1988年仅24岁的阳君于北京荣宝斋出版个人画集），画展、著作各达五十余次部。三十载往来沂蒙山水间，视沂蒙为故乡。常曰："临沂，凝天地之精华，聚物华之灵气，仁浸乡里，风景独好。"尝于蒙山巅听涛，沂水畔深思。顿觉沂蒙大美，感文化临沂之齐鲁遗风。饱览灵秀山水，吮吸养分。蘸笔墨，赋七彩，大化沂蒙精神，钟情沂蒙一山一水、一树一石、一花一草，为沂蒙树碑立传，终成沂蒙画派，让世界解读沂蒙。

近年，阳君旅居国外，五洲神游，日韩法英加（拿大），巡展所到之处，倍受恭敬，收藏者趋之若鹜。

阳君师出刘继卣、贾又福、康殷诸大师。其画如人，虽享盛名，却宽厚平易，真诚质朴，虽大成，却言行低调，心源自守，遍交各界，纵情尺牍，怡然自乐。胸中有丘壑，自然笔下无虚。韩昌黎论诗："仁义之人，其言蔼如也。"阳君数年，一以贯之，直观见第，将现实情感与心绪，倾入山水意

---

① 刘阳，北京人，满族，著名画家。曾在中央美术学院、中国社会科学院研究生院学习，在北京及全国各地多次举办个人画展。现为中国美术家协会会员、中国书法家协会会员。多年来，他一直在沂蒙写生创作，与当地画家共创沂蒙画派。

象，笔下山水沐浴心灵阳光，画面含宁静微笑。古人云："绘事，清事也，韵事也。"胸有万卷书，下笔终有神。阳君之画，以画为形，以文为质，以心为本，可谓静中求动，骨气雄强，精神横溢，蔚为大观。

山高水长，大爱深情，阳君眷恋沂蒙山水，令人感动，令人难忘。风雨数载，情怀依旧，且底蕴深厚，才华横溢，书画大成。阳君追慕先贤，寒来暑往，临池不辍，砥砺万象，悟象化境。其书融化秦篆汉隶，晋唐楷行，笔墨清醇灵逸，秀出群伦；结构严谨苍拙，风骨独具；墨中含情，形神兼备，意到笔随，心手两畅。

阳君画蓄势足，运线坚韧有反弹，山水画朴茂郁勃大气，沉稳坚实。蒙山晚景，沂水烟霞，归情墨韵；风过荷塘，云山禅心，下笔处以筋骨胜。沂蒙系列组画，似真似幻，微茫沉厚。观阳君画，大气处笔墨淋漓酣畅，细微处精心收拾，境界旷远，正如李日华在《紫桃轩杂缀》中所言："绘事必以微茫惨淡为妙境，非性灵廓彻者，未易证入。所谓气韵必在生知，正处虚淡中所含意多耳。"其书画中清闲之趣、平和之风、庄言之格、宁静之情，源自传统功力深厚，生活感受深切。大自然至真至美，大艺术至诚至切，跃然纸上，自成一路，独树一帜。

文以气为主，书画亦同然。阳君以才入画，以情入画，山林丹青，举笔则意趣拈来，干裂秋风，润含春雨。山水凝重厚实，花鸟、动物蕴情异趣，人物深刻。观其结构意法，布局气势，酣畅淋漓，特色鲜明。清新温润，淡雅秀逸，有浓郁书卷之气。阳君以书入画，用笔敦厚朴实，生动准确，简约中见丰富，用心与沂蒙对话出神韵，画如诗，境如歌。笔下花鸟草虫，山林树木，气定神闲，秀骨清像，直抒胸臆，如陈年佳酿，高崖古茶，令人回味无穷。

深夏与阳君语，观阳君画，觉爽风拂面过心，大哉，壮哉，美哉，临沂人之沂蒙，天下人之沂蒙，世界之沂蒙。因此，发沂蒙人之感言，成此阳君沂蒙画赋。

（原载2011年6月19日《临沂日报》）

率意神纵，乡土情深

——读侯钧①人物画有感

　　清代画家戴熙谈绘画的审美体验时说："固有令人喜者，令人惊者，令人思者。"无疑著名实力派画家侯钧先生的作品亦是此感。当今画坛，似乎画人物的画家不是很多，而将人物画真正画出一些品位的画家更是不多见。应当说，侯钧算是不多见中之一了。正如我国已故国画大师张仃先生所评价："侯钧的作品雅拙、朴实，有味道。大拙大巧，充满了灵气。"我也深深感受到，侯钧的人物画作品体现出了"道法自然、天人合一、返璞归真"的传统文化精神意韵。

　　读侯钧先生的作品，总能让人不自觉地感受到画家那种发自心灵深处的情感宣泄：一两棵老树，三两枝老藤，一两头水牛，几个乡童，把赏画者无意之中引入到一个充满了和谐安静的纯真世界中，悄然间把人们的思绪引到了那无忧无虑的孩提时代，犹如世外桃源般令人神往。很明显，侯钧善于将自己的人格精神通过"物象"来表现具体的生命情怀与生命感受。著名国画家、美术理论家、湖北省文联主席周韶华评价道："侯钧的作品求离形之似，得象外之象，画中那一牛一童，使人顿入乡野田园之幻境。"

　　绘画的意境、构图、造型都是由笔墨来完成的。笔墨是情感的载体，也

---

　　① 侯钧，山东费县人。现为中国美术家协会会员、山东省美术家协会花鸟画艺委会副秘书长、山东画院院委、临沂市文联专职副主席、临沂中国画院常务副院长、临沂市美术家协会副主席、国家一级美术师。擅长写意人物画，对山水和花鸟画均有独特造诣，曾多次在全国美展中获奖。

是文化品位的见证。侯钧的水墨写意人物画作品在继承了中国传统笔墨和以线造型的基础上，将作品与画家本人的文化修养有机地结合在了一起，融入了中国传统文化中的"儒、释、道"文化精神。他的人物画，追求写意，宽袍大袖，结构坚实，勾勒行线一气呵成。凭率性天真，不做过多描绘，留想象于人。高人雅士或树下，或河边，或单或双或群，起坐仰卧，醉酒啸歌，皆形神惟妙。山水拟人，彼此关照，互助神情。

侯钧先生的画，蓄势足，点画线色，有如乐章。密处如急雨，疏时如私语，画面气韵生动，令人遐想。他运线坚韧有弹性，又不流于剑拔弩张，重视一点一线的情绪宣泄，反对描头画角，雕琢伤神。他既引而不发，又反一览无余，以辩证思维把握客体与心源。从他的《牧童》《梦回故乡》等作品中，我们就完全可以感悟到这一点。在这些作品中，牧童和那反复在画面中出现的几棵老树被作为一个审美符号来寄托画家的故乡情结，将画家那种道法自然、返璞归真的感情表现得淋漓尽致。

古人云"落笔要旧，境界要新"，正此意矣。近年来，侯钧创造的"牧童短笛"系列作品意境清远空灵，笔墨浑厚华滋，画面布局更加成熟自然，这说明侯钧在个人绘画语言的提炼上有了很大提升。在创作中，侯钧强调笔墨的书写性，讲究随意生发，使物象浑然天成，这也是中国画主要的技法特征。可以说，侯钧的作品中体现出的是一种充满了笔墨与内容的和谐之美与自然之美，亦体现出一种东方自由精神的境界。侯氏"牧童短笛"，精湛画技与文人意气、工与写、力度与挥洒、墨与色相互交织，张力尽显，乃成自家面貌，足可赞矣！

侯钧先生给我留下的最深印象是他对艺术的执着与坚守，多年来他在繁忙的工作之余，为追求艺术的不断升华，依然走着一条"苦行僧"式的"修炼"之路。忘却假期，挤占节日，舍弃许多个人情趣，牺牲诸多个人爱好，侯钧先生把业余时间几乎全都献给了艺术，甘苦备尝，冷暖自知。孜孜以求，体悟形神之理。为得气韵，他走出画室，贴近生活，不断囊笔远行，足迹踏遍蒙山沂水，走过全国不少地方。他在画人物画时，与最平凡最普通的老少妇孺接触，感受他们的生存状态，悟解他们的内心精神。在这些宁静、单纯、质朴、有追求、富活力的人群中，他发现他们的生活态度淡泊而积极，平凡而不庸。画牛，他与牛共舞，牵牛、放牛、骑牛，与之游戏，认真观察，理解各类牛之习性，日日揣摩。解古代画人之情，亦莫过于此。

时下，党中央提出建设社会主义文化强国，推进文化大发展大繁荣，我国的人物画创作已经进入了花样翻新、异彩纷呈的时代。画家贵在走自己的路，这需要长期甚至终生的努力和探求。侯钧是一位善于思考、做事执着的画家。每一阶段的思考换来的都是质的飞跃，使其在艺术追求的方向上向前迈了一大步。画贵在深入挖掘生活内涵，兼以对意境的创新。托尔斯泰说："艺术是感情的传递。"在生活中发现美，创造美，以画寄情，融诗于画，则意趣丰，而遐想盛。几十年来，他把蒙山沂水作为自己永久的创作母体，八百里沂蒙的风土人情为他提供了丰富的艺术灵感和创作激情。一幅幅反映沂蒙的作品引起画坛的关注，这也正是他两次入选山东省美术家协会理事的原因。

我与侯钧在市委机关共事多年，同为文友。勤于作画，勤于写生，勤于交流，一个勤字贯穿于他的艺术创作历程。他平心守正，淡然朴实，始终坚守以传统笔墨造型手段为基础，博采众家之所长，走融会贯通的现实主义创作之路。他坚守自己在造型、笔墨、题材等方面的特质和人文精神的创作原则，在现代人物画艺术创作之路上执着地攀行着。他是矢志于传统文化的求道者，"积好在心，久而化之""心地空明，意度高远"，踏着一条艰难的光明大道，他的画艺日渐成熟，可喜可贺。

写至此，我想起一位著名诗人写给一位绘画大师的一首诗，在此借以形容侯钧老友，堪谓相得益彰：

绝顶览罢开境界，穷尽源流自出新。

敢许丹青先天下，中外画坛有此人。

（原载2011年12月27日《鲁南商报》）

伏者弘也

琅琊名士，画家伏弘①，又名老几，长于沭河之畔，性喜读书，诸子百家，无所不览，勤奋着力，尤贵精深。古人云："坐破寒毡，磨穿铁砚。"伏君数年，潜心揣摩，知著探微，笔耕不辍，厚积薄发，其文如人，多有可读之处。

庚寅深秋，惠风和畅，与伏君傍沂水坐闲庭，煮月前细芽，妙论古今。觉其崇尚民族智慧，对《易经》见解深刻，得和谐之气髓，其画所以深邃也。伏君书画成功，乃人生成功之倒影，跟机遇、天资、勤学苦练分不开。其画以书法入笔，阴阳、动静、疾缓、刚柔相与变化，无不入法。书圣故里，羲之、真卿，两代书家，晋韵古风，翰墨飘香。伏君追慕先贤，于室中遍挂古人书法名帖，昼夜临摹，数九寒冬，不辍辛苦，临池砥砺，废笔无数，终有可观。行楷之外，兼攻草书，融感知理解，尚能笔中有意，墨中含情，形神兼备，意到笔随，心手两畅。

文以气为主，书画亦同然。伏君以才入画，山林丹青，举笔则意趣拈来，枯辣横生。山水寄意蕴情，花鸟则振臂淋漓，人物画多以高僧、高士为题。观其结构意法，布局气势，酣畅淋漓，丰满厚重，空灵飘逸，呈现含蓄

---

① 伏弘，山东临沂人，现居北京，水墨画家（山水、花鸟、人物），曾参加对越自卫反击战。人物画以历代高僧、高士为题材，兼攻草书。近年致力于国学研究，精鉴赏、评论。

朦胧、幽深之特点，透出美的气息。此内在的美，恰是其情感的融入，营造自我境界，增加了作品的精神分量。吾以为，当今画坛，如伏君者寡也。

伏君读书范围广，曾涉猎《资本论》，西方政治经济学、哲学、美学、文学，感悟颇有见地。其自1995年后致力于国学，老庄、孔孟、屈宋常是枕边必备；汉文魏赋、六朝华章、唐宋诗词、程朱理学亦为手边之物；梁漱溟、熊十力、鲁迅亦成案头之宝。伏精鉴赏、评论，其《谈艺录》，兼文学、理性、哲学与艺术为一体，既厚且重。斋号曰"无对"。古人曰："仁者与物无对。"伏专注于绘事，与是非无对，故能成其精神。

伏君崇尚"天人合一"，寄意丹青。其笔下山水小景，萧疏淡宕，奕奕有致。水澹澹兮生烟，云渺渺兮飘雨。董其昌云："画家之妙，全在烟云变灭中。"此正可为伏画脚注。其亦曾劈笺作花卉，苍秀入格，点染生动，有追随陈淳画风处。观伏画，大气处笔墨淋漓酣然，细微处勾勒婉转，而境界多以旷远为意，正如李日华在《紫桃轩杂缀》中所言："绘事必以微茫惨淡为妙境，非性灵廓彻者，未易证入。所谓气韵必在生知，正处虚淡中所含意多耳。"伏君在艺海中追求清闲之趣、平和之风、庄言之格、宁静之情。

伏君画蓄势足，运线坚韧有弹性，他的山水画朴茂郁勃大气氛，沉稳坚实。其秋山晚景，兴寄烟霞；雨后残荷，归情墨韵；风过荷塘，于欹乱中寻法；云山古寺，以筋骨处明志。荆浩《笔法记》云："墨大质者失其体，色微者败正气，筋死者无肉，迹断者无筋，苟媚者无骨。"凡此种种陋病，都在笔墨中，而又无不可求之笔墨。伏君深解其中三昧，于书文间求气韵之道，摩古人而脱出其体，其于徐渭、八大山人、赵之谦、黄宾虹均有习摩，但意不在学其画，而志在得其气，斯为得之正道。

伏君现居北京，广交文友，自守书斋，纵情尺牍，言行低调，怡然自乐。胸中有丘壑，自然下笔无虚。李日华《墨君题语》云："绘事必多读书。读书多，则古今事变多，不狃于见闻，自然胸次廓彻，山川灵秀，透入性也，时一洒落，何患不臻妙境？"中国山水画向重功力学养，讲究理法意趣，绘事需以文化底蕴做承托。古人又云："绘事，清事也，韵事也。胸中无几卷书，笔下有一点尘，便穷年累月，刻画镂研，终一匠作耳，何用乎？此真赏者所以有雅俗之辨也。"陈传席先生云："今世所谓文人画，多有画无文。"而伏君之画，以画为形，以文为质，以心为本，可谓静中求飞，骨气雄强，精神横溢，乃为大观。

古人云："气厚则苍，神和乃润。"伏君以精、气、神三方，陶冶锻炼，自有精神之高洁，胸襟之坦荡，人格之磊落。当心迹双清，笔下则神闲气定。观伏画知其人不俗，吾以为，有志者事竟成，刻苦勤奋，谦虚多思，是其获盈枝硕果之秘籍。后知伏君，还曾历越战而忘生死，不禁嗟叹：羲之故里文友，伏者弘也。吾限于水平，不尽此言。

（原载2011年2月24日《鲁南商报》）

灵韵笔墨　静气成画

——散生①和他的绘画艺术

唐代杜甫诗云："感时花溅泪，恨别鸟惊心。"中国文人画讲究情景交融，意蕴更在画外，一切皆情语，画中风物多含情。近日，我观散生的作品即是如此。

散生性格比较内向，讷于言表，懂音乐，爱古琴，养花草，赏奇石，所有这些都是天性，加上他憨厚的外表，更加彰显了沂蒙人的淳朴善良。有人说，散生看外表不该画这种张扬的大写意花鸟，而应该画的是那种比较秀气、细腻的风格的画。但散生觉得自己本身就是一个矛盾体，骨子里二者兼有，因为那些好的艺术品，不管是工笔还是大写意，都会深深触动他内心深处的灵感。徐渭、齐白石、吴昌硕等大师的那些用笔恣肆，水墨淋漓，线条老辣，气势雄强，再加上极具七绝外长的构图，更能引起他内心的共鸣。

中国画一直以来都是修身养性、表达性情、抒发感情的载体。古人从不吝啬在一花一虫上下功夫，同样的草木花虫，却能反映性情雅俗，修养深浅。在散生的画中，最动人的就是那些花叶中的气韵，那繁华或俗常中的超

① 散生，原名王如彬，山东临沂人，中国农工党党员。毕业于临沂教师进修学院，又在清华大学美术学院高研班深造。近年来，多次在北京、上海、南京、临沂、绍兴等地举办个人联展。出版有《散生画集》《朴素抒怀——花鸟精品集》等。

脱。他的画让人清晰地感到,驾驭笔墨的力量并不来自技法,而是来自内心的修养与情感。修花修叶,对他而言,已成为一种宁神静气的修行修心。我想,那正是最接近传统,又最值得传播的新时代的东西。

散生的花鸟画有扎实的笔墨功夫、深厚的文化底蕴、浓郁的生活气息和犷放的野趣,还有突出的个性化印记。他的作品汲取了中国花鸟画传统的经典样式,同时创造了自己雄健敦厚的个性化语言风格,构图大气,笔墨清润,苍劲有力,有些作品色彩绚烂。他笔下的树干、石榴、荷花、梅花等格外浑厚,潇洒张扬,具有灵动性。

散生,名王如彬,斋号莲卷堂。他1966年出生在书圣故里临沂,毕业于临沂大学美术学院;1983年参加工作。为了追求绘画艺术,他于2000年毅然辞去工作,潜心绘画。近几年,他深造于清华大学美术学院高研班。现为北京水墨春秋画院画家,南京国际文化交流中心特聘画家,中国国画研究院山东分院副院长,山东省企业文化学会书画院副院长。其有多幅作品在上海朵云轩画廊展出,其中《故乡情》被江苏省博物馆收藏,并有多幅作品在国家级专业报纸杂志上发表,出版作品有《散生画集》《朴素抒怀——花鸟精品集》等。他曾获北京国际书画周大赛优秀奖、南京国际书画大赛铜奖、全国首届四条屏书画大赛银奖、全国扇面大赛一等奖等奖项。

有人说,画家是创造美和发掘美的。我觉得艺术家的追求不外乎有三种境界:一是为了活着;二是做人;三是为了自己的艺术。散生作画不是为了活着,物质、名利对他而言已无足轻重,一切源于深爱。散生从事绘画艺术是为了更好的快乐的生活,这就是他快意淳厚的人生。

（原载2013年10月10日《临沂日报》）

沂蒙精神的颂歌

静静地，我在等待暮霭降临。大幕拉开，灯光璀璨，气势恢宏的场景和悠扬铿锵的音乐将人们的记忆渐次点亮。

热舞酣歌颂沂蒙，繁弦急管鱼水情。今晚，山东省暨济南军区庆祝建军84周年联欢晚会在济南八一礼堂隆重举行。由济南军区前卫文工团演出的大型民族交响音画《沂蒙》呈现在了观众面前。伴随着一幕幕音乐的起伏，剧场内不断传来阵阵掌声和人们由衷的赞叹声。

这是一首歌颂山东人民的史诗，是一曲赞美军民团结的华章，是一首弘扬沂蒙精神的颂歌。

作品突出沂蒙这个主题，以《沂蒙山小调》为引子和串起七个乐章的线索，以无邪的童声演绎出历史与时代的叠影。在演奏形式上，融合民乐合奏、坠琴与弦乐、打击乐、竹笛三重奏等多种表现手段。

民乐合奏《那山那水》，以《沂蒙山小调》为底蕴和神采，经过艺术加工和提炼升华，展现蒙山沂水的博大与丰厚。民乐合奏《烽火孟良崮》，以器乐表现战场，在壮怀激烈的旋律中，我军指战员浴血奋战、直捣黄龙的英雄风采跃然于舞台之上，令人热血沸腾。坠琴与弦乐《母亲情怀》，借鉴舞剧《沂蒙颂》中"熬鸡汤"的旋律，叙事抒情，娓娓道来；战争年代沂蒙母亲做军鞋、摊煎饼、送军粮、架人桥、乳汁救伤员的感人场景一一铺陈，体现了沂蒙母亲勤劳善良、圣洁崇高的大爱之美，感人至深。打击乐《车轮滚滚》，则以横扫千军若卷席的气势，在力与美的展示中艺术地再现了当年人民群众推车支前的雄阔场面，激荡人心。竹笛三重奏《送郎参军》，一咏三叹，此起彼伏，家国情怀，离别聚散，尽在咏叹之中。丝竹管弦乐舞《鱼水情深》欢快热烈、喜庆祥和，以载歌载舞的形式，表现出军民鱼水情深，团结一心、和谐共建的欢乐场景。最后一个乐章《永远的沂蒙》，在音舞诗画的交响中，"爱党爱军，无私奉献"的沂蒙人民群体形象跃然于舞台之上，在《沂蒙山小调》的合唱声中，使观众真切地领略到沂蒙精神的博大精深与崇高境界。

《沂蒙》将民族文化、沂蒙历史文化、地域文化有机融合，充分利用民乐丰富的表现形式进行了巧妙的构思与包装，延伸了作品主题的内涵与外延，调动了观众听觉与视觉的多重感受，完美呈现了中国民族音乐的独特魅力。用全新的视点回望沂蒙，用触动人心深处最柔软的地方，让观众感受坚强；用对普通人的情感抒写，让观众感受到了爱国主义和沂蒙精神这一宏大主题。整场演出浑然一体，大气磅礴，令人震撼，令人回味，令人难忘。

在古典传统民乐诗乐舞的基础上，济南军区前卫文工团的创作者们创新民乐创作理念和表演模式，取得演出的圆满成功。究其原因在于其充分展现了民族风格、地域特色与时代精神，使之更加符合广大观众的欣赏习惯和审美情趣。

一是鲜明的民族风格。民族的是最美的，民族的才是世界的。民乐是传统的高雅艺术，是中华民族音乐的根脉，是中华文化的标志性符号。《沂蒙》在呈现形式上以民乐为主体，融合声乐、舞蹈、朗诵、舞美等多种艺术表现形式，多元荟萃，雅俗共赏。它不仅展示了传统民族艺术的魅力，更是融合了现代元素的民族艺术的创造力与生命力。

二是浓郁的地域特色。沂蒙是一片历史文化底蕴丰厚的红色热土。历史文化、红色文化、现代文化、民俗文化交相辉映，形成了具有浓郁地域特色的沂蒙文化。尤其是红色文化感天动地，在革命战争年代，血与火的洗礼磨炼了沂蒙人民的顽强意志，升华了沂蒙人民的精神境界。在中国共产党的坚强领导下，山东党政军民共同培育了沂蒙精神。作品以歌颂沂蒙精神为主线，生动再现了沂蒙的红色经典故事，从不同侧面反映了沂蒙人民为中国革命与建设做出的巨大贡献，热情讴歌了沂蒙人民崇高的精神风貌和军民血脉相连的鱼水深情，深入诠释了沂蒙精神的深刻内涵和新时期军民团结奋斗的重大意义。

三是与时俱进的时代精神。艺术的生命力在于不断超越、不断探索、不断创新。《沂蒙》在艺术表现上有独到的研究，体现了强烈的创新意识。作品融入多种文化元素，调动声光电等各种现代表现手段，超越时空局限，构成了多时空交会的表演空间，产生了多姿多彩、层次丰富、表现力极强的艺术效果，充分体现了艺术追求与时俱进的时代精神。

沂蒙精神的传承与弘扬，是社会主义核心价值体系建设的重要课题。其不仅需要理论上的深入探讨，更需要在实践中大胆探索。大型民族交响音画《沂蒙》的精彩亮相，是济南军区前卫文工团文艺工作者们倾情奉献的一次成功实践，体现了打造红色经典的自觉追求，是新时期弘扬沂蒙精神的伟大颂歌。

（原载2011年8月1日《齐鲁晚报》）

山高水长

——《沂蒙精神沂蒙兵》读后感

　　山是有风骨，水是有情怀的，每一方水土都有着属于自己的岁月留痕。但沂蒙山的伟大，是源于它崇高的精神和奉献的人民。近日，临沂军分区送来刚刚推出的《沂蒙精神沂蒙兵》一书，作为一名曾经的军人，我怀着崇敬的心情，一气读完，抚卷深思，心情似奔腾不息的河水，久久不能平静。一个个人物鲜活、生动感人的事迹朴实无华、催人奋进，39位沂蒙子弟兵似群雕以伟岸的身影在我的脑海中巍然矗立。

　　这是一部充分反映沂蒙子弟兵忠于党、忠于国家、忠于人民，为实现中华民族伟大复兴取得巨大成就、创造辉煌业绩的新篇章。

　　这是一曲大力弘扬沂蒙精神，开拓创新，艰苦奋斗，无私奉献的时代强音。

　　这是一幅描绘沂蒙儿女在新的历史时期发扬老区革命传统，改革开放，科学发展，争取更大光荣的壮美画面。

　　沂蒙是一片红色的热土，是全国著名的革命老区，是足以让人景仰的地方。在血与火的革命战争年代，沂蒙人民母送儿、妻送郎、最后一个儿子送战场，一口饭，做军粮，一块布，做军装，全力支前，独轮车铁流滚滚，担架队浩浩荡荡。陈毅元帅曾深情地感叹；"我就是躺在棺材里也忘不了沂蒙山人，是他们用小米供养了革命，用小车把革命推过了长江。"沂蒙人民与我党我军心心相印，血肉相连，共同培育了崇高的沂蒙精神，使它成为中华民族精神百花园中的一支秀丽的奇葩。沂蒙大地辉煌灿烂的历史文化，可歌可泣的革命文化，独具特色的民俗文化，丰富多彩的现代文化，成就了沂蒙人独具特色的文化性格。他们热爱祖国，对党忠心耿耿，对人民军队大爱，诚实守信，顾全大局，视民族的利益高于一切；他们崇文尚武，深厚的文化底蕴造就了一大批勤奋好学、舍生取义、能文能武的国家有用之才；他们自强不息，特殊的地理环境铸就了沂蒙人坚韧不拔、百折不挠、生活上特别能吃苦、战场上特别能战斗、工作上特别能拼搏、甘于奉献的优秀品质。

解读《沂蒙精神沂蒙兵》，我想任何抽象理念，都会显得苍白，因为书中所描写的17名临沂籍现役军人和22名退役军人的先进事迹足以让人们仰视，情牵梦萦。对生于斯、长于斯的沂蒙人民来讲，这无疑会产生潜移默化的影响。上自将军，下至士兵，无论职务高低、身份如何、身处何处，他们都有一个共同的特点，就是来自沂蒙山，经过人民军队这个大熔炉的锻造，血液中流淌着沂蒙精神的因子，身上永远烙印着沂蒙精神的特质。

沂蒙精神作为一种浓缩着历史与现实、传统与现代、革命与建设的崇高精神，根植于时代与人民，是山东精神、中华民族精神在不同历史时期的继承、丰富、发展和弘扬。通读全书，你会明白一个道理：一个民族不能没有精神方向和理想标杆，不能没有一种坚韧于心灵的东西。

党的十七届六中全会指出，社会主义核心价值体系是兴国之魂，是社会主义先进文化的精髓，决定着中国特色社会主义的发展方向。沂蒙精神是社会主义核心价值体系在沂蒙革命老区的重要体现，它弘扬的是以爱国主义为核心的民族精神和以改革创新为核心的时代精神。临沂军分区以高度的文化自觉和责任感，以弘扬沂蒙精神为己任，编辑出版了《沂蒙精神沂蒙兵》这部融思想性、典型性、可读性为一体的精品力作，充分展示人民军队对人民的深情厚谊。这种情谊如春水漫溢，含英咀华，化育天地，精神为之藻雪，灵魂为之燃亮。相信广大读者通过这本书，能够有所思考、有所感悟、有所行动，获得收获与激励。

今天，沂蒙精神已成为繁茂这方热土的精神动力。蒙山沂水用翻天覆地的变化抚慰着我们的期待，回应着我们的祝福。我相信，崇高精神是可以遗传的，沂蒙基因让大爱恒久，《沂蒙精神沂蒙兵》令山水生辉。我坚信，独具情怀与灵性的蒙山沂水会永远，沂蒙精神会永远……

（原载2011年12月16日《临沂日报》）

水墨雪韵沂蒙情

　　国运昌盛，文运必兴。在当下蓬勃发展的齐鲁画坛，应该说萧维永①是一位艺术成就斐然、有影响力的艺术家。他的山水花鸟画，有扎实的功力、深厚的底蕴、浓郁的生活气息和狂放的情趣，形成了自己独特的艺术风格。

　　时运不济，命途多舛。萧维永，山东沂水县人，1946年腊月在战火纷飞的革命战争年代出生。1947年夏，他刚满六个月时，在国共两军"拉锯式"争夺沂蒙根据地的斗争中，他那担任农救会会长且是中共地下党员的父亲被敌人抓捕后活埋，丧尽天良的敌人把他也扔进了活埋父亲的深坑里。也许是上苍的佑护，亦或许是生命的顽强，一夜小雨，阵阵冷风，遭此劫难的他，竟在第二天凌晨被两个赶集的农民发现后救起，是党和人民政府把这个烈士的后代抚养成人，并送到部队培养成干部。

　　萧维永自幼酷爱绘画艺术，青少年时期由于种种原因，未能如愿以偿。直至20世纪80年代，他青春焕发，激情四射，靠着执着、灵性和超常的毅力，在中国画的艺术道路上迅速前进。他先拜著名画家杨硕教授为师，后相

---

　　① 萧维永，山东沂水人，毕业于山东大学，结业于中央美术学院国画系、清华大学中国书画高级研修班。现为山东省美术家协会会员、国家一级美术师、山东画院高级画师、中国山水书画院副院长、山东东岳书画研究院副院长。曾获山东省"五一文化奖"，铁道部"火车头职工艺术家"称号。2007年，经学术专家委员会评定为"山东国画百家"。

继两次进京，入中央美术学院和清华大学的中国画高研班学习。在北京十余年间，他以"三人行，必有我师焉"之心态，广泛拜师访友，虚心求教，努力地、刻苦地、有目的性地提升自己的绘画风格，使自己在中国画本真的意义上更为纯粹，也更能接近或到达心灵与艺术相统一的驿站。他的作品亦能充分反映他的求变、创新的精神。

萧维永作画注重骨法用笔，以书入画。他常说："一个较成熟的画家，应时刻追求形而上的美学意蕴，为此就必须在笔墨上下深功夫，花大力气，要把从形而下的技到形而上的道这座桥过好，而这座桥就是众所周知的那条高韵、深情、坚质、浩气的书法线。只有用这高质量的书法线才能创作出耐读、耐看、耐人寻味的高质量作品来。"

萧维永在省城济南工作，但有着与生俱来的沂蒙情结。他经常深情地说："我的根在沂蒙，是沂蒙的父老乡亲给了我第二次生命，我要把对沂蒙的情和爱用手中的画笔展示出来，以此充分反映沂蒙人民的新生活和沂蒙大地的新面貌。"2013年夏，他在故乡临沂举办了《水墨雪韵，情系沂蒙》回乡汇报展。当时盛况空前，规模之大，层次之高，反响之好，至今让我们记忆犹新。

从他所展出的百余幅作品米看，无论是巨制《独尊天下》《东海日出》《黄山日出》，还是八幅连屏《岁寒三友图》、数丈长《手卷》等，均气势磅礴、震撼心灵，使人流连忘返。其小品、扇面、花卉气韵生动、耐人寻味。其雪景山水画，皓洁无瑕，诗情画意，独具一格，让人无限向往。这些作品在翰墨挥洒间，无不传达出对祖国大好河山及灿烂文化的热爱，对建设美丽生活、实现中国梦的期盼。

著名画家房新泉先生在画展开幕式上曾深有感触地用"大气、耐看、震撼"六个字高度概括了萧维永这次画展作品的全貌和对作品的肯定。

原中共中央政治局委员、中央军委副主席迟浩田上将在收藏了萧维永的一幅雪景山水后曾连声说："画雪景山水的人较少，画到你这个水平的更少，画得很有生活气息，画得好！画得好！"

在艺术实践中，萧维永艰辛地谱写着自己的绘画三部曲：写实，写意，异象。他通过笔的习性、墨的秉性、水的灵性和自己的个性去体悟孤独，用抽象的笔墨情趣异化心灵的快感，宣泄对梦想的追求。他体悟到，大千世界的一草一木，一山一水，一鸟一石，都是有血有肉、有情有义的生灵。你亲近它，接触它，厚爱它，它就认识你，接纳你，拥抱你。这种融入的过程，就是一种与物对话、物我相容、心灵畅想的孤独行走。

有人讲，成功的画家必须具备三个条件：一是才能，二是功能，三是修持。应该说萧维永具备了才能和功能，而修持则是每个画家一生都要为之努力的。在社会主义文化大发展、大繁荣的今天，我们祝愿萧维永的艺术之树常青，并期待他创作出更多更好的精品来，奉献给沂蒙家乡的父老乡亲。

（原载2014年7月3日《临沂广播电视报》）

秋萍香远益清

近年来，花鸟画家王秋萍①女士的作品日益引起人们的关注和好评，在全国美展多次获奖，特别是在今年"中国美协2011全国中国画大展"中，她的《藕花秋醉》荣获最高奖项。有专家评论说，她是把传统的绘画样式注入了现代的情感因素，为自己的花鸟画营造了整体的抒情氛围，从自然的生动中提取了活力。

要画好中国画，必须具备深厚的传统功力、独特的生活体验和国学基础，更要有一种虚静雅致的精神追求。晚清国学大师王国维在其不朽之作《人间词话》中曾用形象的比喻提出了治学的三种境界："古今之成大事业、大学问者，罔不经过三种之境界：'昨夜西风凋碧树。独上高楼，望尽天涯路。'此第一境界也。'衣带渐宽终不悔，为伊消得人憔悴。'此第二境界也。'众里寻他千百度，蓦然回首，那人却在灯火阑珊处。'此第三境界也。"概括起来，这三种境界就是：立下大志，不懈努力，终获成功。而关键在于第二境界，这不纯粹是意志的磨炼，还是一种人生的考验。我认为，这三种境界也正是画家王秋萍追求画艺的真实写照。

---

① 王秋萍，山东临沂人，先后就读于中央美术学院国画系、北京画院王明明工作室、天津美术学院研究生班、中国国家画院贾广健工作室。现为中国美术家协会会员、中国工笔画学会会员、中国美术家协会重彩画会会员、山东省美术家协会花鸟画艺委会委员、临沂中国画院院士。

　　生活是艺术创作的唯一源泉，但是能做到爱得深、融得透并不是一件容易的事情。出生在琅琊古郡、羲之故里的王秋萍，自幼敏而好学，在父亲的熏陶下，从小就在绘画方面表现出很高的天赋，她立志要成为一名优秀画家，因此，她勤奋努力，常年习画。

　　王秋萍女士系中国美术家协会会员、中国工笔画学会会员，是著名女画家。解读她的花鸟画，我们不难看出，在长期的艺术实践中，她已深得"创意高于状物"的艺术规律，且力求达到自然规律与艺术规律的统一。尤其是她就读于中央美术学院国画系期间，先后得张立辰、郭怡宗等诸名家精心指导、悉心教诲；后又入北京画院，受业于著名画家王明明，并得到杨延文、贾浩义、王文芳、郭石夫等百位先生面授，在立意、取象上，愈加超越客观物象的外在真实感，而更重神韵，形成以重"意"为特征的艺术追求。不论是繁花的浑朴蓬勃，还是荷花的清逸疏淡，都显得笔饱墨酣，圆润华滋，以笔情墨趣取胜，重在构造虚拟的、主观化的意象和心灵的外化，以表达画家自己的心性，以及心灵深处的审美理想。

　　"花房腻似红莲朵，艳色鲜如紫牡丹。唯有诗人能解爱，丹青写出与君看。"这是唐代大诗人白居易的著名诗句。欣赏王秋萍的近期作品，既可感受到传统水墨的无穷魅力，又能探寻到她在融会中西、执着创新方面所做出的不懈努力。她能把在作品中流露的细腻情感融入大自然的微妙流转之中，随物婉转，与心徘徊，通过笔下的形象，表现出浓郁的生活气息和田园风情，营造出精神栖息的港湾，表述着净化心灵的人文关怀。

　　一幅画就是一首歌，这是王秋萍花鸟画作品给人的感受。她用点、线、面、形、色和浓、淡、焦、润、枯等表现手法作为特殊音符，创作出一曲曲荡气回肠的生命吟唱和自然颂歌。王秋萍是一个含蓄的歌者，没有粗犷，没有张狂，因为她的心灵浸透着"以和为美"和"尚清"的意识，企求的是"大音希声""大美无言"的至高境界。中国花鸟画讲究的是意趣表白，所谓"万物融其所思"，她的花鸟画清新俊美、神韵清绝，有法度而无法相，挥洒自如、元气淋漓、含蕴幽深，使人触到怡悦明丽的美感。

中国画讲究意境、意趣、意象，主张墨以韵出，笔以趣成。王秋萍性喜读书，热爱自然，在她的画中散发一股浓郁的静气、雅气和书卷气。她不仅心中永葆率真的灵性，而且善于捕捉自然花鸟的意趣，其作品疏密错落、虚实相间、正斜俯仰、揖让呼应，其神其韵栩栩如生。她笔下的花鸟洋溢着生命的律动，彰显着向上的激情，让观者在视觉上有美的享受，在精神上有进取的追求。她博采众长，融写意与写实为一体，用笔拙朴，用墨苍润，施色淡雅。她注重以书写笔法入画，用笔灵动，抑扬顿挫，如行云流水。笔使巧拙，墨用轻重，浓淡干湿水墨酣畅，故其作品生动自然，轻松灵动，细心者可窥其奥妙。

董其昌云："胸中脱去尘浊，丘壑自然内营。"王秋萍的水墨世界所呈现的是自在闲适、平淡朴素、天真烂漫的心性，这是许多人难以企及的。她以极佳的天赋、深厚的功底、良好的修养、高洁的品性，为写意花鸟画注入了一股清丽高雅、浑朴滋茂之风，也为她的画作熔铸了厚重的艺术与人文内涵。王秋萍正值创作的黄金时期，在社会主义文化大发展大繁荣的今天，我们深信，以她的文化自觉、性灵、才情、功力、学养和对艺术的不懈追求，她的花鸟画一定会香远益清。

（原载2011年11月11日《临沂日报》）

水墨青瓷　以文化境

蒙山巍峙，看毓秀钟灵，一派圣贤豪气在。

沂水苍茫，任桑田沧海，九州胜迹古风高。

　　沂蒙金秋，惠风和畅。近日，文友青年画家解晓方要我为他和卞鸿鹤、王鸽榄、张茂祥四人的"水墨·青瓷"画展写点东西，好友相邀，盛情难却。

　　书圣故里，翰墨飘香。我有幸观赏了四位画家的作品，读画如对话，或轻松或严肃，恍觉光影明灭，游弋于历史与现实之间，行走于欢乐与沉重的边缘。墨与水相融，落在洁白的素笺上，缠绵悱恻。这些墨迹是他们胸中的丘壑，是审美的山林和人物。风走过，云停过，晨曦的露珠亲近过。它包容了蒙山沂水和世间的所有无声无息。目睹水墨在他们的笔下慢慢氤氲开来，滋漫出幽幽的气息，仿佛在听晋风古韵的低吟婉唱。

　　国运昌盛，文运必兴。卞鸿鹤、王鸽榄、张茂祥、解晓方是临沂有影响的四位画家，他们生于斯，长于斯，受博大精深的沂蒙文化浸润。数年来，他们以滔滔沂河水作墨，以巍巍沂蒙山作笔，每到一处风景，都产生了心灵的对话。他们新颖的构图、鲜活的笔墨与新奇的造景，让作品变得风光无限，美不胜收。另外，笔法又不是统一的，他们将自然景观收纳在枯笔、淡墨之中，通过阐释前人也曾画过的景物，画出了属于自己的艺术风格。

恣意山水，寄情笔墨。四位画家的艺术作品，没有另类的语言样式，骨法用笔与随类赋彩却能跃然纸上，呈现沉静、清明、堂正的风貌。从他们的作品中，我们感受到了浓郁的古意，作品现实感真切而动人，既不是古人作品的翻版，也不是现代人作品的借用，而是用摄影家的眼睛观察山水、花鸟、人物，用画家的图示表现它们，用诗人的情怀赞颂它们，从画品中展示创作主题和文人的精神内涵。

文以载道，文以化人。四位画家把握时代脉搏，强化沂蒙风格，彰显时代精神，以旺盛的艺术创作力活跃在沂蒙艺坛，以崭新的姿态迎接挑战。他们的艺术革新如"静水深流"，从传统和西方两端深入，汲取更为纯粹深层的艺术基因，注入自己的创作实践，在民族艺术当代性和自主意识构建中，成为最忠诚的实践者和捍卫者，成为沂蒙文化的传承者和发扬者。

琅琊古郡，大美临沂。四位画家用艺术的方式来解读沂蒙传统文化的核心密码，是一种文心化沂蒙的美的呈现形式，亦是一种当代社会发展必然的外在诉求。沂蒙的文化意象美是沂蒙精神的实质体现。它可以是一幅艺术作品，也可以是一曲音乐、一首诗歌、一篇文章。它是沂蒙人的文化情怀得以寄托的载体，是人文探索的价值新生，是沂蒙人精神放逐的最佳途径。

石蕴玉而山辉，水含珠而川媚。临沂因有这样一批孜孜不倦、成就显著的艺术求索者，琅琊古老文化的底蕴上才有如此绚丽的亮色，也才有更多美好让大家回忆。愿四位画家，坚守崇高的艺术理想，心无旁骛搞创作，千锤百炼出精品，为推动沂蒙文化繁荣发展做出新的更大贡献。

作于2012年8月26日

歌声永远

华夏大地飞歌，人民尽情歌唱。歌唱亲爱的祖国日益走向繁荣富强，歌唱全国各族人民幸福安康，歌唱领导我们的核心力量——伟大的中国共产党。

当"你是灯塔，照耀着黎明前的海洋；你是舵手，掌握着航行的方向……"这厚重、深沉、激越，像蒙山一样巍峨、雄伟、充满着阳刚之气的旋律在耳畔响起，它像遥远的回声，听起来特别亲切，唱起来格外豪迈。

听这歌声，与其说我们是在欣赏一首著名经典革命历史歌曲，不如说是在听历史长河的惊涛拍岸，观时代大潮的风起云涌，憧憬春潮澎湃的锦绣前程。

沧桑巨变已融入悠扬的歌声里，几代人的拼搏渗透在赞美的乐章中。在建党90周年之际，回想十年前的初夏，我在临沂沂河宾馆贵宾楼二楼会议室采访《跟着共产党走》（又名《你是灯塔》）这首歌的词作者、原中组部秘书长、宋庆龄基金会副会长沙洪①老人的情景，又历历在目，永远难忘。

沙老着便装，身材高大魁梧，饱经沧桑的脸上写满了慈祥和坚毅，看上去精神很好，当他得知我在临沂市委宣传部工作时，高兴地握着我的手说："宣传工作很重要，我可是个老宣传，战争年代就做宣传工作，在《大众日

---

① 沙洪（1920~2004），原名王敦和，安徽萧县人。1937年12月在延安"抗大"学习，1938年5月加入中国共产党。长期在山东担任新闻报刊的实际工作和领导工作。写过不少革命歌词，其中最著名的是《跟着共产党走》，当时唱遍全国，至今仍在传唱。

报》当了五年编委，中华人民共和国成立初期还当过《青岛日报》的总编，后到中宣部，又到中组部工作的。"接着，他话锋一转："临沂变化这么大，你们要搞好宣传，让全中国全世界看到我们当年工作过、战斗过的地方发生的巨大变化。"沙老一席话，使我倍感亲切，心里热乎乎的。

沙洪原名王敦和，1920年4月出生在安徽省萧县，1936年10月参加党领导的民主先锋队，同年底奔赴延安"抗大"学习，1938年5月加入中国共产党，1939年随抗大一分校转战到沂蒙山区，曾参加过徐向前同志指挥的"孙祖伏击战""大青山战斗"等著名战役。

巍巍蒙山，雄深博大；滔滔沂水，万古流淌。一首革命歌曲就有一段永远难忘的故事。在我请沙老讲当年创作《跟着共产党走》这首歌曲的经过时，老人喝了一口茶，充满激情地向我们回忆起了战争年代在沂蒙山区那艰苦卓绝的岁月。

"《跟着共产党走》这首歌是我和久鸣同志1940年夏天在沂蒙山区合作完成的。当时，我们都在抗大一分校做宣传工作。为了纪念建党19周年，要在党代表会议上教同志们唱一首新歌，政治部宣传科科长安征夫同志要我写歌词，并请作曲家久鸣谱曲。我和久鸣高兴地接受了这个任务。经过不到半小时的酝酿，我俩就完成了这首歌曲的创作。当时，这首歌所表达的感情、思想和信念，可以说完全是从我们心中迸发出来的。"

老人仿佛又回到了那激情燃烧的年月，接着又说："那时，抗日战争进行了三年，国民党反动派惧怕以中国共产党为代表的人民力量，不断掀起反共逆流，制造残杀八路军、新四军的血案；日本帝国主义也把主要作战力量转到敌后战场，加紧对我抗日根据地军民进行扫荡和掠夺。中国共产党领导的敌后抗日游击战争，进入最艰苦的阶段。但是，这种'黎明前的黑暗'，不但没有吓倒人民，反而极大地提高了人民的抗战热情，使人民的眼睛更亮了。人民群众很清楚地看到：三年斗争的实践证明，只有共产党领导的八路军、新四军才是真正坚决抗日的，真正和群众同甘共苦的，真正为人民服务的。"

讲到这里，沙老心情很激动，他平静了一下，接着又提高声音说："因此，人民相信，不管困难有多大，夜有多黑，只要有共产党在，中国就不会亡，人民就不会当亡国奴，天空总会亮起来的。作为一个年轻的共产党员和八路军宣传战士，我从周围群众中经常感受到、看到和听到这种纯朴感情和坚定信念。而我自己心中，也聚积着同样的情感和思想，随时准备呼喊出来。《跟着共产党走》的歌词，就是这样写出来的。久鸣的心情也和我一样，他用音乐语言表达了对党的真挚感情，唱出了人民的心声。"

"这首歌曲发表后，在敌后条件极为困难的情况下，全凭口传手抄而迅速流传在解放区、国统区甚至一些敌占区的群众中。这充分反映了那个时期广大人民对党的深情和依赖，年轻的中国共产党充满活力，同人民群众血肉相连，它既是团结群众的核心，又代表着人民革命的方向。"

在临沂期间，沙老不顾年事已高，又兴致勃勃地回到60年前歌曲创作地沂南县孙祖镇东高庄村。一下车，他就被早已等候在村口的干部群众亲切地围了起来。有些村民丢下田里的农活，专门赶来看望沙老。沙老和老房东、老党员亲切交谈，嘘寒问暖，动情地说："我在沂蒙山区生活战斗了十多年，对这块土地上的一草一木都有着特别深厚的感情，是沂蒙人民养育了我，培养了我。沂蒙山是我的第二故乡。"《跟着共产党走》这首歌应该是沂蒙山的歌，沂蒙人民心中的歌。

是啊！歌为心声，时势造英雄。战争年代，沂蒙军民在党的领导下，为民族的解放浴血奋战，这也造就了这首歌曲的诞生。这是一首信念和力量的壮歌。我们唱着这首歌，历经多少急流险滩，闯过多少惊涛骇浪，一路前进一路歌。万水千山在回荡，歌声指引着党的前进方向，歌声唱响了党的胜利篇章，歌声伴随着党的旗帜迎风飘扬。

1982年2月15日，沙洪的老首长、敬爱的徐向前元帅亲笔为这支歌题写了"动地军歌唱凯旋"七个熠熠生辉的大字。

为了纪念这首歌曲的诞生，建党80周年纪念日这一天，临沂市和沂南县两级党委政府在创作地举行了隆重的纪念地揭碑仪式。山东省政协原主席李子超在病中题写的"你是灯塔"四个字，在夏日阳光的照耀下显得格外醒目。我有幸主持了这次具有重大意义的活动。在仪式上，市委领导在讲话中说，《跟着共产党走》歌曲创作地纪念碑亭的建立，为我们进行革命传统教育提供了又一处新的革命历史纪念地。我们要继续发扬沂蒙精神，永远高唱《跟着共产党走》这一主旋律，创造更加辉煌灿烂的明天。

2004年初，沙老因病在北京去世。根据生前遗愿，他的夫人姚明将他的一部分骨灰安放在八宝山革命公墓，一部分骨灰安放在《跟着共产党走》歌曲的诞生地。抗大一分校校史研究会的老战友们为他敬立了安放处。

斯人已去，精神永存。在纪念建党90周年之际，我们唱着这首歌，感慨万千。我想，这首歌的确是沂蒙人民和全国人民心中永远的歌，是对中国共产党领导全国人民进行社会主义现代化建设不懈奋斗精神的咏叹和赞美。

如凝固的历史，像流动的岁月，展辉煌的业绩，响时代的脚步。"年青的中国共产党，你就是核心，你就是方向。我们永远跟着你走，人类一定解放！"这铿锵有力、气势磅礴的歌声，抒发了中国人民坚定不移跟着共产党的信念，抒发了中国人民永远忠于党、意气风发开创美好未来的豪情壮志！

（原载2011年7月14日《解放军报》）

高歌弘音唱真情

　　该逝去的，都会失去。

　　该留下的，将永远留下。

　　去年7月10日，"沂蒙女儿"高弘①在北京保利剧院为纪念抗日战争胜利70周年举行的大型公益活动《我的祖国》独唱音乐会已经过去一年多了，但留给人们的记忆却是永远的、美好的。

　　一个放羊娃出身的沂蒙女儿，站在首都硕大的舞台上，在辉煌的灯光下，是那样的从容自信，她在尽情地放声高歌沂蒙儿女对祖国、对人民和对子弟兵的大爱深情。

　　担任伴奏的中国歌剧舞剧院著名指挥家刘凤德先生称赞说："这个沂蒙姑娘，不简单，唱得好。"

　　聆听高弘来自内心深情地吟唱，声声会触动你的心弦，我被她的歌声感动着。那份荡涤尘埃的真挚，在我的耳畔久久萦绕；那份渗透血液的庄严与

_____

　　① 高弘，山东沂水人，青年歌唱家，毕业于首都师范大学。长年做公益活动和拥军工作，被评为"沂蒙爱心形象大使"、临沂市拥军模范。曾多次参加央视综艺节目，并取得好成绩。2015年7月，在北京保利剧院举办大型公益独唱音乐会。现为山东省音乐家协会会员、临沂市政协委员、临沂市兰山区政协常委、临沂名扬艺术学校校长。

神圣，使我回想起那些曾经在沧桑岁月中激越过一个民族崛起的不朽旋律。我深知，这是传统民族元素给予的无与伦比的永恒之美。

如果音乐是一种生活，一种道路，一种态度，一种感受，那么民族音乐就是一种生活的根基，一种道路的深度，一种态度的质朴，一种感受的纯粹，它无须外表与具象的质感，也可以显示灵魂所包含的内涵。

高弘是从沂蒙山深处走出来的，她是大山的女儿。这个有梦想的女孩对音乐艺术的挚爱，历经磨难，痴心不改。

从临沂艺术学校毕业后，高弘成为一名音乐老师。立志要走上文艺道路的她，一年后又凭借自己的天赋与努力考入首都师范大学继续深造。刻苦的学习，勤奋的努力，名师的指导，以及与大家的交流，使她的整体水平有了质的提高。学成归来，高弘创办了属于自己的临沂名扬艺术学校。

"音乐是一种崇高而深刻的艺术，它具有强烈的感人魅力，我以音乐审美为核心，用新的教育理念，在潜移默化中，培养学生美好的情操、健全的人格。"高弘充满自信地说。

学校在她的不懈努力下，办得有声有色，风生水起，得到了省市有关部门的充分认可和专家学者们的高度评价。

从小喝沂河水长大的高弘，有着与生俱来的沂蒙情结，她在办好学校的同时，以拥军为己任。近十年来，她用真情唱着拥军的歌，足迹几乎踏遍大江南北，被评为临沂市拥军模范。

2014年建军节前夕，高弘拥军的激情绽放，在有关部门的支持帮助下，她在临沂市广播电视台演播大厅举办了以《悠悠拥军情，放歌沂蒙山》为主题的拥军晚会，受到社会各界广泛好评。

高弘的歌声融入了她的青春、年华、激情和热血，我仿佛听到了一颗赤子之心的剧烈跳动的声息。在我尽情领略这些歌曲特有的艺术魅力的同时，我也在思索，这个沂蒙的新一代在吸收民族音乐多种元素的同时，不就是数年如一日用自己的坚韧与执着传承和践行着沂蒙精神吗？

　　今天，在这万籁俱静的夜晚，写下这些或是散乱的文字，我想这也许是一种油然而生的深刻。作为一位年长的文化工作者，我真诚地希望立志从艺的青年歌唱家高弘在声乐艺术的道路上不忘初心，越走越远，不断攀登新的高峰。

　　在源远流长的民族之声里，让昨天、今天和明天的我们同在一行音符之间，聚力中国梦，深深地呼吸。

（原载2017年第7期《东方青年》）

沂蒙女儿褚海辰[①]

　　今年10月中旬，我外出旅游去海南，乘坐国航上海至海口的航班。当褚海辰演唱的《母亲是中华》歌曲在电视上播放时，我的眼睛睁大了。

　　望窗外，蓝天白云，晴空万里；看舱内，乘客安宁，气氛祥和。"五十六个民族亲亲一家，就像百花园里盛开的花。红红石榴结籽抱在一起，哎呀谁也离不开谁，母亲是中华。"荧屏上褚海辰身着一袭绛红色长裙，用她那纯净、高亢、动情又富有感染力的声音唱出了每一位拳拳赤子对祖国母亲的依恋和祝福，为我们展开了一幅中华各民族兄弟儿女心连心大团结的动人画卷。

　　精彩的情景，优美的歌声，欢快的旋律，熟悉的身影，我的心犹如涟漪，油然而生出一种激动和感慨，同时又为家乡临沂能有这样一位青年军旅歌唱家而高兴。

　　我与海辰相识多年，也见证了她的成长进步。这些年，临沂市凡有重大活动，只要时间允许，褚海辰都有请必到，而且不计任何报酬。2009年临沂广播电视台春节联欢晚会，海辰应邀回乡演唱了我作词的歌曲《相约沂

---

　　① 褚海辰，山东沂南人，著名青年军旅歌唱家，中国社会救助基金会爱心大使。毕业于中国音乐学院，被媒体誉为"沂蒙女儿""军中百灵"。近年来，数次登上人民大会堂、央视春晚、心连心艺术团等重大舞台，在部队曾荣立二等功两次、三等功两次，并多次受嘉奖。其作品荣获中央宣传部"五个一工程"奖。2016年底，与成龙、姚明等一起被选为"2016中国公益年度人物"。

蒙》，反响非常好。当大家交口称赞时，海辰深情地说："我是从小喝沂河水长大的沂蒙女儿，是这片红色的土地哺育了我，我深深爱着家乡和父老乡亲，今后老家有什么事需要我，我一定尽力。"

蒙山巍巍风含笑，沂水长长情有缘。褚海辰出生在山东临沂市沂南县红嫂家乡，深受红色文化的熏陶。长相俊俏、天资聪颖的她自幼爱唱歌，声音婉转动听，清脆悦耳。她凭借自己的刻苦努力和天生亮丽的嗓音，在省市各类声乐比赛及大型演出中，一枝独秀，声名鹊起。

海阔凭鱼跃，天高任鸟飞。从中国音乐学院毕业后，褚海辰怀揣梦想走进军营，被北京军区空军政治部特招入伍。从此，这只美丽的雏鹰在蓝天展翅，在音乐的天空中翱翔。

一分耕耘，一分收获。这是人生的规律恩赐于每一位勤奋者的一份厚礼。沂蒙的红色血液深深地融入褚海辰的骨子里，她在部队爱党爱军，无私奉献，不怕吃苦，顶酷暑，战严寒，坚持每年下基层为边防战士慰问演出，受到基层广大官兵的欢迎和称赞。近些年，褚海辰数次登上人民大会堂、央视春晚、心连心艺术团等重大舞台，用辛勤和汗水捧得了一个又一个国之大奖，并多次应邀参加央视诸如建党、建军、国庆等重大晚会活动的演出。其作品荣获中央宣传部"五个一工程"奖。她先后荣立二等功两次、三等功两次，并拍摄了《蚕》《中华儿女》《暖洋洋》《千古铿锵》《放飞》《真情》《强军颂》《军营乐》等多部以军旅题材为主的音乐电视片。

这些原创歌曲，每首都有着不一样的风格，既有纯粹高难度的艺术歌曲，也有朗朗上口、轻灵乖巧的抒情作品。不同情感的倾诉与表达方式，需要演唱者用不同的演唱方法去驾驭，且要具有敬业的精神和深厚的艺术造诣。褚海辰用美妙的歌声深度诠释了这些作品的内涵与精髓，给广大人民群众留下了非常深刻美好的印象。

海辰热爱着她的演艺事业，更深深热爱着绿色的军营。她常说："强军路上，作为一名军旅歌手，为兵唱歌是我的使命。艺术无止境。我将不懈努力探索一条弘扬中华民族声乐的新路子，唱一些战士和百姓喜爱的歌曲，把心中最美的歌献给祖国和军队。"

文以气为主，歌唱亦同然。褚海辰以才入歌，以歌入情，演唱题材广泛，风格多样，音色纯净明亮，音质圆润，音域宽广，歌声高力流畅，行腔自如，且吐字清晰，丰富之嗓音层次使情感至妙。她的歌声婉转动听，直抒胸臆。著名词作家阎肃老师对她赞赏有加："婉若海上星辰一样明亮灿烂，歌声如透云百灵般悦耳动听。"部队广大基层官兵则亲切地称她为"军中百灵"。

古城临沂繁花似锦，沂河两岸风景如画。2011年9月3日，"褚海辰放歌沂蒙独唱音乐会"在沂河湖心岛隆重举行。好友董卿、王宏伟前来助阵。当海辰那亲切优美的歌声在沂河上空回荡时，家乡人民把此起彼伏的热烈掌声送给了她。从北京专程前来参加活动的北空政治部一位将军对我说："褚海辰在部队表现十分优秀，很受战友们的喜爱。此次回临沂举办演唱会，就是想把自己的歌声向家乡的人民汇报，以报答沂蒙的父老乡亲。"

演唱会获得圆满成功，受到社会各界的广泛好评。我热情地对海辰说："您先后在北京、广州、成都、南阳等地举办演唱会，又多次在部队立功受奖，成绩那么显著，家乡人民感到自豪，向你表示祝贺。"她谦虚低调地说："我是沂蒙山的女儿，更是一名普通的军旅歌手，是沂蒙养育了我，军队培养了我，我将努力创造属于自己的辉煌，创作更多更好的作品，让军营战友喜欢，让家乡父老乡亲认可。"

"浓浓的情、深深的爱，岁岁年年。沂蒙是山，女儿也担一半；沂蒙是水，女儿心是源泉……"《沂蒙女儿》这首歌是褚海辰最喜欢唱的，也是她的代表作之一。无论是随心连心艺术团下基层，还是到部队慰问演出，或是给留守儿童上音乐课，褚海辰不断用歌声和行动践行沂蒙精神。而《沂蒙女儿》这首歌也流传甚广，逐渐成为当下沂蒙文化生活中的记忆和符号。

"革命战争年代，先辈们用鲜血和奋斗缔造了沂蒙精神。今天我们这一代人，重要的是感悟和弘扬这种精神，尤其是对于我们年轻的文艺工作者来说，一定要以更多高质量的作品来继承和弘扬沂蒙精神，这既是使命，也是一种担当。"褚海辰真诚坦言道。

　　两年前，我作词的歌曲集《亲情沂蒙》由山东教育出版社和山东教育电子音像出版社发行，受到大家的好评和欢迎，特别是歌集中由褚海辰精心演唱的《沂蒙，我想对你说》更是受到当地群众的喜爱。她用悠扬悦耳的歌声动情地讲述着家乡的变迁，饱含真情地向今日的沂蒙倾诉，将久久不能忘怀的瞬间转化成经典，以歌声描绘生命的永恒，深情的永驻，令人感动，令人回味，令人难忘。

　　大家说，褚海辰的歌声中有着一种团结一心、大爱无疆的民族精神。海辰现为中华社会救助基金会爱心大使。2015年，由她主演、中央宣传部隆重推出的社会主义核心价值观公益广告《留一盏灯，温暖他人》在央视播出后，在全国引起强烈反响，感动无数人。2016年底，她和姚明、成龙一起被评为"2016中国公益年度人物"。她用歌声传递对党的感情，对祖国的爱情，对军队的深情，对事业的激情，对家乡的亲情，以及对朋友的真情。她用沂蒙女儿的执着、坚贞、豪爽又柔情似水的精神感染和打动着广大听众的心。

　　牢记使命，奋发有为。前不久，由她演唱的《母亲是中华》入选中央宣传部第五批"中国梦"主题新创作歌曲，在央视春晚、元宵晚会、人民大会堂全国"两会"少数民族代表委员茶话会、庆祝内蒙古自治区成立70周年活动等重大舞台演唱后，受到党和国家领导人及现场广大观众的一致好评和称赞。今年10月15日晚，中央电视台综合频道庆祝党的十九大胜利召开特别节目《壮丽航程》，盛大的晚会，恢宏的场景，褚海辰在节目中再次演唱了《母亲是中华》。聆听她融入青春年华激情热血的歌声，仿佛听到一颗赤子之心剧烈跳动之声息，大家会陶醉其中，尽情领略其特有的艺术魅力。

　　党的十九大胜利召开之后，褚海辰又随心连心艺术团赴福建莆田慰问演出。她的生活不但有诗还有远方，她的脚步总是那样匆忙。

在歌唱艺术苑地里，褚海辰用歌声不停地播种着鲜花，分享着快乐，收获着美丽。

"等闲识得东风面，万紫千红总是春。"我们真诚地祝愿褚海辰这只从沂蒙山飞出的"军中百灵"在艺术的时空里，飞得更快、更高、更远。

（原载2017年11月11日《沂蒙晚报》）

我写《渊子崖壮歌》

每一个民族都有自己的苦难历史，也都有抵御侵略、不屈不挠的英雄壮举。世界文学史上那些关于战争题材的名著，不仅让我们记住了一幕幕悲壮的战争画面，也让我们记住了一个个鲜活的可歌可泣的英雄形象。

因为战争，才有纪念。今年是抗日战争暨世界反法西斯战争胜利70周年。如何把民族过往的苦难岁月变为激人奋进的文学作品，这是当代作家的历史使命和义不容辞的责任与担当。

长篇纪实文学作品《渊子崖壮歌》，自今年8月初由山东教育出版社出版发行以来，在社会上引起了较大的反响，得到了广大读者的好评。9月24日的《解放军报》的《长征》副刊用较大篇幅进行了摘编。中央军委主办的《国防参考》杂志第14期用八个页码的篇幅配照片进行了刊发；省内外的一些报刊也进行了编发。临沂人民广播电台在《静听夜色》栏目用近一个月的时间对该书进行了录音连播。

两个月以来，我收到了很多熟悉与不熟悉的朋友打来的电话和发来的短信。他们中间有老人、中年妇女，也有在校的大学生和中学生，他们以不同的方式热情地肯定和赞扬了《渊子崖壮歌》，这让我很受感动。还有不少好友问我是怎样在较短的时间内写出如此长篇纪实文学的。

我是从小喝沂河水长大的，是蒙山沂水哺育我成长。1986年，我作为营职干部从部队转业回临沂后，近30年来一直在市里从事宣传文化工作。革命战争年代，家乡八百里沂蒙大地曾经发生过一个个感人至深、英勇悲壮、气壮山河的故事。特别是莒南县渊子崖，一个普普通通的山村老百姓抗日打鬼子的传奇故事，更是令人震撼，荡气回肠。

近年来，我曾经多次去渊子崖村采访，搜集了不少有关资料。去年下半年开始，我就开始了此书的写作，旨在悼念在抗日战争中牺牲的先烈，讴歌沂蒙先辈们可歌可泣的英雄事迹，进一步弘扬沂蒙精神，向抗日战争暨世界反法西斯战争胜利70周年献上一个沂蒙老宣传文化工作者的一颗赤诚的心。

当我走近一位位抗战老人，当这些已步入耄耋之年的老人或义愤填膺或慷慨激昂或满怀悲痛地向我打开尘封已久的记忆之门，讲述那场与敌殊死搏斗的悲壮往事之时，我的心被强烈的感动着、震撼着、刺痛着，同时又为他们临危不惧、英勇顽强、血气如阳的精神而骄傲和自豪。

在采访中，当通过老人的追忆，一个又一个的历史细节真实地展现在我面前时，我又感到了欣慰。我想，或许我的这种最原始的采访行动会给后人提供一些史料的参考。在动笔写作时，我搜集和阅读了千万多字的抗战史资料，力争使自己成为"沂蒙抗战史专家"。

写作的确是一件不轻松的事情。我在创作过程中经受了一次次灵魂地洗礼，也为沂蒙先辈们无私、坚毅、崇高的品格和对信仰的坚守所深深感动着。写作充满了艰辛，同时我也明白了什么是"身累不叫累，心累才是累"。有时由于坐着写作的时间过久，下肢麻木，起立时竟一时不能站起；有时写到深夜，常常情不自禁，热泪盈眶，竟夜不能寐；有时为防止记忆偏差，当天的采访笔记只能当天整理。

有一段时间，我的睡眠质量很差，但沂蒙父老先辈们在抗战中那种与命运抗争的不屈精神，那种与蒙山一样的风骨，与沂水一样的情怀，那种为了国家利益、民族利益舍弃一切的崇高精神给了我巨大的力量和信心。

这本书中被采访的讲述者，他们有的是手握大刀、长矛在围子墙上和鬼子玩命的老自卫队员，有的是在日寇屠刀下侥幸逃脱的幸存者，有的是当时稚气未脱、嗷嗷待哺的孩子……他们的讲述让人处处感受到日本鬼子的侵略给中国人民带来的苦难和耻辱，让人时时感受到中华民族万众一心、众志成城抵御外敌入侵的伟大民族精神。

我想，我们这个民族之所以历经沧桑仍然伟岸，原因就在于我们能够在苦难中奋起，在挫折中前行。不屈不挠、奋发有为正是我们这个民族固有之性格，自强之精神，而这种精神早已渗透到我们这个民族的血液之中。

关于渊子崖的故事已经写了不少了，但仍感觉意犹未尽，心情无法平静下来。我想说的是，抗日战争中沂蒙父老乡亲在中国共产党的领导下，用自己的行动为沂蒙精神注入了坚实的内涵，充分展示了中华民族天下兴亡、匹夫有责的爱国情怀，视死如归、宁死不屈的民族气节，不畏强暴、血战到底的英雄气概，百折不挠、坚韧不拔的必胜信念，这是他们留给我们后辈们最宝贵的精神财富。

岁月如白驹过隙，七十多载倏忽而逝。如今战争的硝烟早已散去，但它留给人民的记忆与伤痛却时时提醒：战争从来没有真正离我们远去。历史告诉我们，和平是需要争取的，和平是需要维护的。只有铭记历史，缅怀先烈，珍惜和平，才能开创未来。只有人人都记取战争的惨痛教训，前事不忘，后事之师，殷忧启圣，多难兴邦……

《渊子崖壮歌》这本书的出版凝聚了很多人的心血，得到了很多人的帮助。我同年入伍的老战友、国防大学副政委胡秀堂中将在繁忙的工作中，为我邮寄抗战资料，先后两次审阅书稿，多次打电话给予热情指导和亲切鼓励，并亲自为本书作序。我的老朋友，著名理论家、诗人、解放军报社原副总编辑孙临平少将热情为本书作跋。我的老朋友，著名词作家、书法家、中国人民革命军事博物馆原馆长孔令义少将亲自安排有关人员帮我查找沂蒙抗战资料。

值得一提的是，书写反映南京大屠杀长诗《狂雪》百块碑廊的空军政治部文艺创作室创作员、中国书法家协会理事、北京市书协副主席龙开胜先生为本书题写了书名。在此，我一并表示衷心的感谢。

感谢临沂市领导，我的工作单位临沂市委宣传部，以及莒南县、板泉镇和渊子崖村在采访写作过程中给予的大力支持。感谢摄影家翟小锋为本书不辞辛劳地拍摄照片。感谢我曾经参考过的一些书的作者，虽然主要参考书目已附上，但仍有漏缺；还有一些文章来源于互联网，因没有注明出处，也就无法列出需要感谢的书目，在此说明并感谢。

需要说明的是，在进行创作的时候，按照上级有关部门重大革命历史题材"大事不虚，小事不拘"的要求，我始终坚持以史料为基础，以真实为前提，因为真实是纪实文学的生命。这个真实即人物、事件、时间、地点乃至援引的统计数字，都是真实的。

在这个大前提之下，对事件的过程、人物外貌、心理活动、语言对话、动作行为等细节，进行了一些文学创作和演绎，并尽可能使史料纪实与文学创作较为完美地结合在一起，使作品既有史料的严肃性、真实性，又有文学作品的生动性、可读性。

由于我的水平有限，客观条件也有所限制，本书可能存在缺陷甚至谬误之处，在此敬请知情者、亲历者、幸存者以及专家、学者给予批评指正。

作于2015年9月29日

效先求新贵坚持

——李效贵①书法艺术欣赏

　　近年来，李效贵先生的书法作品越来越受到人们的欢迎和喜爱。中国书法家协会草书委员会委员、著名书法家吕金光先生称赞他的书法："有功夫，有气势，飘逸潇洒，写得很好。"

　　效贵先生自幼习书，经历了漫长的书法研习过程。从幼时的临摹到今天的自由挥毫，我认为这是他勤奋学习下苦功夫的结果。

　　我和效贵先生相识40余年，我俩既是战友又是文友，因为有着共同的艺术追求和文化梦想，我们的关系一直比较密切。

　　忆往昔，峥嵘岁月。1972年底，在我俩都不满18周岁的时候，我们一起入伍，来到中国人民解放军驻陕西渭北高原的步兵第141师442团。我在团机关放电影，他在团运输队当文书，工作上多有接触。那时，我就注意到效贵经常利用业余时间，在报纸上练习书法。由于文笔和书法好，他成为团后勤直属队远近闻名的"小秀才"。

　　多年来，效贵先生持之以恒，临池不辍，师从孙多全老师，研习颜真

---

　　① 李效贵，山东兰山人，大学本科学历。曾任临沂市兰山区物价局局长、兰山区工业局局长、兰山区委宣传部副部长兼区广播电视台台长等职。现为中国书画家联谊会理事、山东省书法家协会会员、临沂市兰山区书法家协会副主席、兰山区老年书法研究会副会长、临沂鲁蒙书画院执行院长。

卿、柳公权、赵孟頫等楷书，对《兰亭序》《圣教序》《书谱》诸碑帖皆浸淫已久。其后，他得大家指导，在不惑之年时，选择了明人书风为师法对象，在由博反约的转折点上，跨出了关键的一步。

效贵先生擅行草书体，并深得大家赞誉。他的行草书宗法王羲之、王铎、黄庭坚等，其过人处在于虽仿效于古人，而又不拘泥于古人，能够融入个人的情性，变化出之。王铎、黄庭坚的行草书气象奇伟，一泻千里，以势夺人；张瑞图的行草书刚健利落，奇崛险峭；黄道周的行草书在起伏跌宕之中，见出一种生拙之气。效贵先生的行草书吸收了诸家之长，但用笔更显放逸自然，章法上更重参差变化，虽然在总体上保持了三家的特征与体势，但在点画的形质特征上，他将黄道周的奇崛生涩化作潇洒利落，将王铎的奇伟之气化成飘逸之风。这种学而化之的师承方式得到同道的赞叹。效贵先生学古人而能出新意，呈现出自家的情趣风范，可以说是善思善学，高人一筹。

效贵先生的书作能达到这种超逸自然之境，是有多方面的原因的。他热爱读书，善于思考，不仅是一位才情过人的书法家，也是一位在临沂市兰山区有影响的部门领导干部，同时还是我们同年入伍战友们中的佼佼者。

1976年春，因父母年迈，效贵离开了部队。回到家乡后，他先后在县级临沂市和兰山区干过财税局秘书股股长，乡党委副书记，第六建筑公司总经理兼党委书记，区物价局、经济委员会、工业局主要负责人，区委宣传部副部长兼广播电视局局长等职。他干一行，爱一行，专一行，行行出成绩。特别是兰山区的广播电视工作，在他围绕中心、服务大局、创新发展理念的指导下，风生水起，受到社会各界的一致好评。

效贵先生做事高调，做人低调，为人重感情。在繁忙紧张的工作之余，他把别人喝酒、打扑克的时间用在临帖练习书法上，就这样，寒来暑往，悟象化境，墨中含情，意到笔随，秀出群伦。

近日我和效贵先生小聚，谈起书法，效贵坚定地对我说："一个人总得有点爱好。寄情山水、醉心翰墨是我小时候的梦想，也是我人生最大的乐事。尽管我的书法还不是很成熟，但是我一定要坚持走到底。"

听罢此言，我颇有感慨。好友效贵是一个有格局、有情怀、有追求的人。我想实现民族复兴的伟大中国梦，最重要的是文化的复兴。而文化的复兴，书法是重中之重。因为书法是我们民族文化的灵魂，是中华民族的血脉。我衷心祝愿好友效贵在书法艺术之路上越走越远，取得新的成绩，不断攀登新的高峰。

（原载2017年9月19日《临沂日报》）

云蒸霞蔚

——画家任云霞①的牡丹艺术赏析

丁酉春节，生机盎然。原中共中央政治局委员、中央军委副主席迟浩田老将军在海南三亚观看了任云霞女士的牡丹画后，高兴地说："画得好，有层次，有雅韵，有气势，我喜欢"，并欣然题写了"闻鸡起舞，赠画家任云霞女士"遒劲有力的墨宝。

古诗云："落尽残红始吐芳，佳名唤作百花王。竞夸天下无双艳，独占人间第一香。"牡丹是秀丽高雅的花中之王，素有国色天香、富贵吉祥的美誉。如果没有心贮雅意的画者为它写照，那它将是何等的寂寞。这个五彩缤纷的世界，也许会少了一些艳丽的色彩。

翻开女画家任云霞的画集，一幅幅洒脱雅致的牡丹瑰丽鲜润、艳秀芳香。仿若久居喧嚣都市的我们，突然来到清澈透明的蓝天下，漫步在一望无际的草地上，看天空白云飘逸。她的画中没有浮躁的喧嚣，只有如水的春风；没有艳丽的俗媚，只有清新的端庄，使人感觉有一股清气扑面而来，仿佛拈花仙子在景以情和、情以景生的丹青世界里会心微笑。

---

① 任云霞，山东济南人。大学本科学历，多年主攻花鸟画，牡丹画最为出彩。曾在省市美展中多次获奖。现为中国书画研究院山东分院副秘书长、山东省美术家协会会员、山东省女子书画协会会员、临沂市美术家协会理事、临沂市职工书画协会副会长。

　　牡丹画怎么样才能够"出新"？其实，也不一定非要出新。国画从来都不是"推陈出新"的，而是"师古出新"。画画就像是巧妇忙炊，写生是放眼天下积聚素材，临摹是取舍前人顿悟智慧，一旦进入了创作状态，就要直陈自我的才华，写意国色的风姿。

　　恰如千余年来人们不断地在前人的基础上培育出新的牡丹品种，牡丹画其实犹如牡丹花，在熟悉的颜色、构图、笔墨中突出自己的一些匠心，就可以突破前人的藩篱。云霞女士的创作以己意为主，以造化为宾，宾主相融，得趣意外。她把大朵牡丹花藏匿于叶片之中的构图造型，即出于自己的新意，于雅俗共赏之处，不由得让人顿生亲近随和之感。她的牡丹画，以枝寓花茂，以叶衬花艳，以瓣展花韵。牡丹枝干硕壮而不臃肿，翠嫩又不赢弱，劲健蕴千钧之力，鲜活如雨后春笋。牡丹叶子，不是信手涂抹，而是根据花朵的姿态和大小，进行精心的配置，既有"众星捧月"的簇拥，又有俯仰侧卧的照应，使得花朵艳丽灵动，神采奕奕，如玉树临风，似美人起舞，营造出美丽宜人的氛围。其花心紧凑，花瓣舒展，如嫦娥舒袖，虞姬舞剑，给人以潇洒、爽朗的健美之感。

　　其实，需要关注的是云霞女士在画中如何做到的与别人拉开的一点距离。色彩是牡丹画的精髓；用色是牡丹画艺精进的阶梯。颜色这个东西，使用起来绝对是和内心的纯净有莫大关系的。每个画家的作品的色彩，其实就是她以心印物的印象，是自己内心格调的表白。

　　云霞女士的画里，有一种热爱生活的情怀。难能可贵的是，为画好牡丹，她多次赴牡丹之乡河南洛阳和山东菏泽等地写生，现场认真观察，用心细致临摹牡丹生长和花开的态势。因此，她的作品在大众题材中，开出自己的花来。她的画散发着一种和善真诚的魔力，让人在观画（花）中不自觉地放松心境，拉近了心与心的距离，也很容易让人从内心里真正地喜欢。一千多个花色品种的牡丹王国，仿若无穷无尽的色彩大海，你尽可取自己的一瓢饮。每个画家都在寻找属于自己的那个可以遗世独立的奇葩，独秀自我的风姿。云霞女士以自己的尖尖角，在画中绽放了个人魅力和真实情感。

周恩来总理曾经说过："牡丹是我国的国花，它雍容华贵，富丽堂皇，是我们中华民族兴旺发达、美好幸福的象征。"在云霞女士的画里，观者可以体会到牡丹花洋溢着的盛和心境。著名文艺评论家、中国人民大学教授陈传席教授观其画作后高兴地为她题写道："国色从来比西子，天香原不借东风，画牡丹不惟能得其形，犹能得其神，非易事也。任云霞女士能之，全喜。"陈传席教授对她的牡丹画给予了高度赞扬和充分肯定。

看花、看画亦如看人，心中有什么意念，就能感召什么法相。如果你想画出明净的画，首先就要有一个清净与真实的心态。十多年来，云霞女士注重绘画理论学习，阅读了大量的书籍，并且学以致用，理论联系实际，所以她的画中洋溢着一颗诗书浸润的爱心和雅致。她的画可以吹绽每个观者的婉容，唤醒我们心底的大爱。她的画中仿若溢出一缕春风，冲淡了生活的紧张节奏；仿佛散发着清新的芳香，给绷紧的神经注入舒缓柔和。她的花里隐藏着一种曼妙的心情，这种心情纯净无染，正像蒙娜丽莎的微笑，其中的妙处难以言说。这种感觉，是对生活心意相通的充分彻悟和对艺术无拘无束的心领神会。

云霞女士，济南人，出生在革命干部家庭，自幼喜爱读书绘画。在"文革"那个特殊的年代里，她13岁就参加了工作，靠自己的刻苦勤奋和不懈努力，获得大学本科学历。现为中国书画研究院山东分院副秘书长、山东省美术家协会会员、山东省女子书画协会会员、临沂市美术家协会理事、临沂市职工书画协会副会长。

"等闲识得东风面，万紫千红总是春。"一幅雍和宽容、洋溢微笑的牡丹画在自己的雅居里开放，心情该是多么的惬意，生活将是多么的快乐啊！

我们衷心祝愿云霞女士的牡丹画，百花丛中最鲜艳，众香国里最壮观。

（原载2017年9月2日《沂蒙晚报》）

附：胡秀堂①中将谈任云霞牡丹画

观赏云霞女士所画牡丹，许多人往往只重悦目，享受视觉所带来的美感，而我则更看重画音，体会听觉给人的神韵。我总感到任女士用画笔透过牡丹的千姿百态，在向世人诉说着千言万语。难能可贵的是，她的画诉说的不仅是牡丹的富贵特质，也呈现出牡丹"安能摧眉折腰事权贵"的品性。看画听音，借用司马迁语，观云霞女士一幅幅不同的牡丹，真可谓"闻宫音，使人温舒而广大；闻商音，使人方正而好义；闻角音，使人恻隐而爱人；闻徵音，使人乐善而好施；闻羽音，使人整齐而好礼"。这或许就是任女士特有的画风吧。

真的，许多人的画是用来看的，云霞弟妹的画则是用来读的。上可登庙堂之高，下可入寻常百姓家。不论达官贵人还是普通百姓，都能以自己的生活经验读得懂的。不知评价当否？

2017年9月10日于北京

---

① 胡秀堂，山东兰陵人，研究生学历，空军中将，第十一届、十二届全国人大代表。1969年入伍，中央党校马克思主义发展史专业毕业。曾任总政宣传部新闻出版局副局长、空军长春指挥所政委、沈阳军区空军政治部副主任、空军装备研究院政委、广州军区空军政治部主任、广州军区副政委兼广州军区空军政委。现任中国人民解放军国防大学副政委。

附录

让人泪如雨下的精粹短文

——读高明同志散文有感

苗长水

2011中秋假期，在家中读《齐鲁晚报》，突然读到高明写的一篇《"文革"那年过中秋》。讲的是"文革"中，他们一家人跟着下放农村当老师的父母，在乡下过中秋的事情。那时他父母工资低，家里姊妹5个，还要接济在城里的爷爷奶奶，生活艰难。中秋节快到了，孩子们盼着过节吃月饼。可眼睁睁地看着亲朋好友送的月饼都让爸爸妈妈转送给别人了，家里只有两包月饼，又要送给村里的大队书记。直到中秋节的上午，妈妈给高明一块钱，安排他去买月饼，并交代只能买一包，剩下的钱再去买点肉好过节。妈妈说："家里仅有的两块钱，还得赶紧进城送给你爷爷奶奶过节啊。"高明一路小跑去了大队部院内的村代销点，花四角八分钱买了一包八个的青红丝冰糖馅月饼。中秋节的晚上，圆圆的月亮挂在了天空，父亲才拖着疲惫的身体从公社集中劳动完赶回来。他们全家围坐在一起吃饭的时候，父亲叫着高明的乳名说："你和姐姐每人一个，妹妹和二弟每人一个半，小弟弟两个，剩下的一个我和你妈一人一半。"

　　读到这些细节时，我忍不住泪如雨下，立刻用手机给高明发了一则节日问候："今天的月饼很甜，过去的月饼更甜……"我比高明虚长三岁，都是在"文革"中度过少年时光的人，对高明讲述的这些细节历历在目，拨动记忆心弦。而后，我又收到高明送的这本短文集子《那年，放电影》，一篇一篇地读下去。他的这些文章都不长，有的极精短，但我看每一篇都有感动。

　　《那年，放电影》不到三个页码，记述的是高明在部队当团电影放映员时，到部队驻地附近农村中放映"革命样板戏"电影。那是1974年，在陕西渭北高原的一个村庄。乡亲们热切地迎接着解放军的电影队。大队书记嘘寒问暖，却对他身后的三个神色拘谨帮助卸车的汉子大声呵斥。高明写道："那叫作老刘的汉子，约五十岁左右，看上去是个朴实憨厚的庄稼汉。我一面推辞，一面想为啥老刘会被这么使唤。"经过大队书记解释，高明才知道，这三个汉子都是村里的"地富反坏分子"。而彼时不过十八岁的战士高明和那个老刘悄悄聊起来，也搞明白了，老刘的哥哥还是抗美援朝烈士，不过他家因为和书记家闹过仗，就被定成"坏分子"。最揪心动魄的一幕发生在电影即将放映之前，乡亲们的目光都集中到银幕上了，大喇叭里却传来了大队书记的声音："社员请注意了，大家热烈欢迎解放军放电影。下面请'地富反坏分子'退场，电影是慰问解放军战士和'贫下中农'的，不是给你们'地富反坏分子'看的。"高明看到老刘"脸色苍白，嘴唇微微发颤，目光黯淡"地离开了。但最温柔感动的一幕也发生在其后，当电影放映结束，老刘又来帮解放军收拾放映设备时，悄悄告诉高明："我一直在那边你们看不到的地方听来，样板戏真好听。"

　　今天的年轻人可能对高明文章中"地富反坏""贫下中农""样板戏"等一些词语完全陌生了，但我们那一代对这一切却是那么熟悉、亲切、揪心。高明的姊妹们有过"受父母问题牵连"的痛苦而屈辱的经历，我也有过。然而一则没有高明记忆得那样准确，二则总不愿意去回忆那些不堪回首的伤痛。那种被划为另一类人群的感受，像上面说的老刘被大队书记驱逐出电影场的类似经历，在那个年代不知多少人都有过。像老刘这样被随意打成"坏分子"，并随意从人格上加以无情羞辱的事情，在那个年代也是有的。好在我们的今天已如高明文章中最后所说："老刘那种悲剧再也不会发生在我国农民身上了。"

《卖鸡蛋的小姑娘》也不过三个页码，讲的是1979年，高明在驻陕某部队担任副指导员时，到陆军学院学习，外出训练，在营地帐篷旁遇到一位每天都来卖鸡蛋的面容清秀的小姑娘，名叫小兰。她小学五年级时就辍学了，母亲因病去世，父亲为了偿还治病欠下的医药费，收了三百块钱的彩礼，把她许配给一个比她大十多岁的残疾人，再有两年就要出嫁了。看到这里，让我想到那个年代的中国农村，我们总是会遇到诸如此类的人间悲剧，甚至是大悲剧。而限于时代条件局限，我们又总是无力救助，只能眼睁睁地看着悲剧发生、发展，毁掉无数美丽姑娘和英雄少年的人生之路，就是那样绝望。高明文中说，在他们训练结束即将离别之际，他用十元钱买下了小兰篮子中所有的鸡蛋，分给了战友们。然而高明这篇短短的小文，却让谁都没有想到，文中随后又告诉我们一个真实的大喜剧结尾：二十多年过去，已经转业回到临沂，由市委宣传部副部长而担任临沂市旅游局局长的高明，到内蒙古参加北方十省市旅游交易会时，在交易大厅陕西展区，一位似曾相识的女士不住地朝他打量，她竟然就是当年的小兰。她已经是一位旅游公司的副总，而且衣着时尚，风采依然。她惊喜地认出这位当年帮助过她的高班长，并告诉他：当年她拖延了两年没有跟残疾人结婚，然后赶上了时代的天翻地覆大发展，靠自己的勤劳努力攒够了钱，退了那门亲事，自由恋爱找到了爱人，两人同在旅游公司发展，女儿已经上大学了。这样的喜剧结局真是让人喜极而泣。小兰的美好、智慧、勤奋，时代的大变迁，人生命运的追求，都被高明这短短如《史记》般的简练文字记录无遗。如果巴金老先生能听到这样的故事，他的那个被改编成电影《英雄儿女》的小说《团圆》，定然会有一个不同的续篇。

　　高明在《人生坐标》一篇中讲到1972年冬天，他们临沂半导体厂几个被批准入伍的小伙子一起披红挂花准备出征时，其他人都讲要"当班长""当连长""把立功喜报寄回家"，而高明却紧握拳头毫不犹豫地说："我要入党！"这句坚定的决心话，让我们看到年轻的高明，志向就不一般。在《坚强的妈妈》一篇中，高明讲述了已故的母亲作为一名优秀的人民教师及其坚强地与命运抗争的全部经历。当刚满二十岁的高明在部队被提拔为干部时，这位母亲"笑得很好看，喃喃道：'我儿，真争气'"。在《血奶·大爱》一篇中，讲到山东抗日根据地领导人之一朱瑞将军的妻子，我们早已闻名的革命烈士陈若克，在大扫荡中带着刚刚出生的孩子突围，不幸被日军俘虏。她是那样顽强坚贞，在刑场上抱着孩子说："孩子啊，你来到世上，没有吃过妈妈的一口奶，就要和妈妈一起离开这个世界了，你就吸一口妈妈的血吧……"革命烈士这样惨烈且感人的情节，我过去还没有读到过。《沂蒙"红嫂"第一人》《临沂赋》《滨河夜景》等，都向我们详略有致别开生面地讲述了沂蒙的历史、今天及未来。

　　通过高明的这些短文，我们知道高明是临沂人，他生长在临沂美好而又艰难的年代，下过农村，当过工人，参军后放过电影，当过连队指导员、宣传干事和团组织股股长，转业后又回到家乡临沂，从事新闻宣传等工作，担任过新闻科科长、市委宣传部副部长……他非同寻常地深深地爱着自己家乡的沂蒙山水，也非同寻常地挚爱着曾经走过的军旅生活。人生一路走来，他没有完整的大段时间去把那些最真实、最美好、最宝贵、最感人的难忘经历写成短篇小说或长篇小说一类的东西，只能利用工作闲暇，以这样一篇篇短小文章记述下来。身为作家的我，既为高明没能把这些情节经历写成一部精彩的长篇作品而感到些许职业遗憾，但同时不能不非常敬佩他的这种工作之余的精神坚守。我们又何尝不可以把这本集子当作一部精彩的长篇作品来品味呢？这些文章几乎每篇都很少有寻常意义上的文学描写刻画，然而每一篇都有其生活分量、文化内涵、艺术特色和思想价值。打个比方说，即使《我说爱国卫生》一篇议论性文章，他首先举例的仍然是他的老部队——中国人民志愿军47军141师步兵422团1营2连，因在粉碎细菌战斗中成绩突出，被授予"全国爱国卫生模范连"光荣称号。毛泽东曾亲自为该连题词，而高明入伍后又曾荣幸地担任过该连副指导员。高明从这里谈起爱国卫生工作，能够解析出多么伟大和现实的意义且不说，仅这个例子就让我感到他讲述的那种军人荣誉感，即可极大地解读一番。志愿军47军141师那是何等了得的部队，能征善战闻名全军，战场上的"虎狼之师"威名，令无数强敌闻风丧胆。而我作为军人作家，却又非常知道"全国爱国卫生模范连"的称号对于他们那个部队是多么高的荣誉。如果我军也像俄罗斯军队那样，在阅兵时打出自己部队的荣誉旗帜，这面"全国爱国卫生模范连"的锦旗，绝对会被这支部队从许多面染着硝烟炮火痕迹的锦旗中挑选出来，举在队列之前。这也是高明这些短文的非凡价值所在。

（原载2011年11月26日《齐鲁晚报》）

（作者系著名军旅作家、济南军区政治部创作室主任、山东省作家协会副主席。）

行走的文字，情透纸背

——高明先生散文读感

张　岚

一

冬日闲适的时候，最适合随意听几首老歌，闲闲地静读。

那些经典的旋律和美好的文字让耳朵和眼睛生动着，朦胧里有一束自然而朴质的光，如同羊群在草坡，如同明月在树梢，明快，清朗，更有着冬日的温暖。

"我想一个读书人，不可能把自己读成一个'图书馆'，而应把自己读成一个有仁爱之心的人……若能读出庄子'乘万物以游心'的心境，读出'千江有水千江月，万里无云万里天'的意境，读出笃定的生命信仰，读出心灵的放牧，读出世道人心的温暖，那么一个读书人在灿烂星空下，就获得了灵性的自由和诗意的生存。"

高明先生《书香伴我行》的这些安静的文字，让我的目光在静静的日子里卷起一朵朵美丽的浪花，高高扬起后，又重重砸下来。

文字是有力度的。

但它落地的重量却超出了我所想象的厚重。

这份厚重，在感受"灵性的自由和诗意的生存"书生情怀的同时，更感受到散落在岁月深处晶莹的心灵碎片。

文字的魅力可以抵御时间，甚至抵御时间之外的许多事物。这个念头，总是那么清晰，挥之不去。

二

一片目光，走向一段段光洁的文字。

一段段文字，主动地走近我的目光，在每次展读的时候，它行走的速度，让我感动。

《永远的红场》《圣彼得堡漫笔》……伴随着行走的文字，我却感受到来自古老的莫斯科广场的庄重的历史氛围、古朴典雅的人文之美。

《美丽的夏威夷》《走进伊瓜苏瀑布》……夏威夷的迷人风光，伊瓜苏瀑布上的动人彩虹，带来的是一种质朴自然、单纯粗犷的魅力。

《站在好望角上》《巴黎情怀》《佛罗伦萨的诗意》《漫步日内瓦》……朴实又灵动的文字行走着，异域的风情也如一幅幅优美的画卷在眼前徐徐展开。

时光是一支不倦的笔，用细碎的光阴书写着人生；时光还是一支行走千年的笔，书写着，行走着。

那些行走着的文字，散发出一种亲切雅致的情调，带给我们一种崇高而宁静的感觉，使行走着的生命厚度日渐增加，使阅读者的心境更为广阔。

三

文字是有力量的。

这种力量，即使来自生命微小的细节，也常常会有一种震撼心灵的力量。

"爸爸，你是收废品的，钱是我们捡的，咱怎么不能要？"

"孩子，要记住，捡到东西要还给人家。这钱我们不能要，不是自己的钱花起来也不踏实啊。"

《保洁员小王》里一对父子最简洁的对话，折射出人性的美和人间的真。

一个靠做保洁为生的社会底层小人物——保洁员小王，在捡到一个装有2800多元现金、4张银行卡和2张存折的一女式坤包时，让幼小的儿子抱着包，自己牵着儿子的手，冒雪站在门口苦等一个多小时终于等到了失主并坚辞谢意。

"一阵秋风吹过，不远处，一片树叶慢悠悠地从树上掉落下来，还未等落地，已经有好几双手争相去捡。那红马甲像跳跃的火焰，照耀了人们的视野，暖到了人的心底。"

"一名头戴红帽、身着红马甲的年轻姑娘，正在认真地打扫卫生……她充满青春活力的脸庞上沁出了汗水。姑娘莞尔一笑，那笑容像幸福的花儿般灿烂，永远定格在读者的心里。"

这是《临沂"创城"风情》中的两个小小的片段。

在貌似随意的叙事里，不经意间流露着劳动者最朴素的情怀，更展示了人间的真情和美好。

文章不是无情物。

自古以来，爱和真情最具有冷静而清晰的穿透力。

高明先生的作品正拥有着这样的力量和阅读后带来的感动。

无论是写实的生活小事，还是饱含哲理的域外风情，特别是对故乡、亲人的追思与怀念，字里行间无不是真挚、质朴、敦厚、温馨的情感，仿佛鲜花盛放的淡淡馨香和绵长温暖，沁人心脾，回味悠长。在阅读的同时，生命也因之而锤炼和沉淀。

《沂蒙深情》《王坪的沂蒙情》《亲情沂源》等篇章，无不洋溢着一种诚挚的纯情，在深深打动着读者的同时，更折射出一种人文精神；《坚强的妈妈》用凝练的语言、真情饱满的文字，让我们把记忆中父亲母亲的善良宽厚和音容笑貌，非常具体地落在字里行间中，像泉水一样清澈，像土地一样深刻，让汩汩涌动的情感，力透纸背，难以释怀。

四

高明先生是儒雅谦和的。

他的文字一如他的为人，在简洁朴素、平实亲和中，体现出对读者的尊重，在平实深邃里，展现着从容的气度和自信的底气，更表现出沉静、温和、内敛的审美意趣。

《临沂赋》《百廉赋》《忠孝赋》《临沂建城记》……高明先生的辞赋之作，结构严谨，辞藻畅丽，凸显了其深厚的古典文学修养和卓越的措辞命义的功力。每次展读，仿佛放舟于岁月长河，溯回从之，溯游从之，韵味绵厚，流光溢彩，于千回百转中生发出无限的美好和感叹。

更为难得的是，2008年恰是临沂建城2500年。高明先生创作的《临沂建城记》，恰好用字2008个，可谓用心良苦，独具匠心。其间，声情并茂、情尽意盛地叙写了临沂2500年来的一幕幕、一件件难以忘怀的历史，被誉为"古城史诗"。

其情自溢，意境悠长。

荡气回肠，更令人击节赞叹。

刘勰说过："夫情动而言形，理发而文见，盖沿隐以至显，因内而符外者也。"由此，也便不难知道高明先生文风的形成了。

五

文学是一种信仰，文学终究也是一种信仰。

信仰是无上的，而人生是有高度的。

人生的高度并不完全取决于自己的生存环境，更多的是取决于是否有一颗不断提升自我高度的灵魂。

问鼎一流作家的桂冠，除了对文学的热爱外，更要持之以恒，在形成自己独特艺术风格的同时，也确立着自己的文学地位和人生的高度。

高明先生是淡泊之人，更是勤奋之人。其持之以恒，坚韧不拔，作品范围之广、数量之众，无不令人感佩。

文章千古事，得失寸心知。

契诃夫说："他站在群山之巅，有不拔的意志，开阔的胸襟，远大的目光；他种下一棵树，就看到了千百年后的郁郁葱葱。这种人是可敬的。"

生活总是以新颖而古老的目光，向我们投来一次又一次缓缓地注视。这样的目光，这样的姿态，让人感到岁月安详、宁静。

这样的时刻，会让我们一次又一次遇见那些行走着的、带着温度和力度的文字。

这样的文字在北方冬天的日子里，传递着一种精神。

这种精神是可敬的，也是令人感动的。

（原载2011年12月4日《临沂日报》）

（作者系中国散文学会会员、山东省作家协会会员、临沂市作家协会副主席，现任临沂市120急救中心副主任。）

温润典雅君子文

——浅谈高明散文的艺术风格

张爱波

　　初读高明文，是2008年7月载于《光明日报》之《临沂赋》。其赋结构严谨，以临沂历史为线，绵延古今，旁征博引，内容丰赡而征实，人情风物无不毕现，更及思致绵密，辞藻畅丽，实于今人写赋之上品，遂为拍案！后随山东作协领导到临沂参加文学活动，有幸得见！其于座中，气度温润，雍容自若，礼接远近，举席皆欢，既尽地主款情之谊，更显君子谦谦之德，不禁慨叹，斯人方有斯文，信矣！近蒙不弃，赠我文集《那年，放电影》，一夜读毕，感触良多。

　　在我国悠久的文学发展长河中，虽然各种体裁层出不穷，代有兴盛，各领百年，但散文始终稳居文坛之正宗，其中便因散文最缺少规范，最简单也最难把握。所谓"体有万殊，物尤一量"，散文极是易学而难工，而工者又无过乎情理交融、文质彬彬、形神兼备而意境悠长。所谓温润典雅君子之文，高明文集便有此风。

　　《那年，放电影》一书共选文六十篇，共计二十余万字，其以思想主题来看，大致可分为三大部分：一是沂蒙情深，即讴歌沂蒙精神，反映沂蒙新变化，表达对家乡的无限热爱，如《沂蒙"红嫂"第一人》《蒙山沂水的回响》

《文化临沂》《沂蒙情深》《相约临沂》等文；二是往事追忆，似水流年，即亲情和友情的诚挚感怀，特别是其中关于父母的追忆之文，如《坚强的妈妈》《父亲的信念》《清明随感》等文，情深难抑，尤为令人唏嘘；三是各国游记，放眼世界风物，作者从文化的视角，在充分了解各国历史的基础上，不断生发出对中西文化同异的精辟观点，如《感受威尼斯》《圣彼得堡漫笔》《巴黎情怀》《华彩剑桥》等文，如艺海拾贝，珍珠攒花，世界风情琳琅毕现。而这六十篇文章，无论报告文学、回忆小文还是游记，无不体现出温润典雅的君子之风，具体来说有以下几点：

一、至琐细处，其情自溢

高明文情深重，多感人，而情之动人必须由内而发，由细而显。汉代刘安在《淮南鸿烈·缪称训》中曰："文者所以接物也，情系于中而欲发外者也"，即文章是由内心的情感不能遏制而抒发于外产生的，而此种情感又来自于作者个人的生活道路与情感经历。《坚强的妈妈》一文便是此种艺术特色的突出体现。此文是作者在母亲去世三周年之际所写。妈妈是一位教师，一位聪慧好学的知识女性，七十三年的人生风雨，她承受着"右派"的巨大磨难，独自拉扯五个儿女成人成才，即使晚年身患癌症，仍然坚强乐观，为子女树立人生楷模。作者满怀深情地追忆着自己的妈妈和她的每一个细节：

> 一个夏夜，我在屋里热得睡不着，出屋凉快，看见一个穿着长衣长裤的人，弯着腰，大汗淋淋、吃力地背着一麻袋沉重的蓖麻叶走来。走近一看，原来那是我的妈妈……
>
> 入伍三年后，1976年夏天，刚满二十周岁的我在部队被提拔为干部。消息传回家后，姐姐给我来信说，妈妈笑得很好看，喃喃道："我儿，真争气。"

无论是妈妈背麻袋的沉重身影，还是幸福之中的喃喃之语，都是一些生活中易于忽略的细节。而高明正是通过这些至为琐细、至为无关紧要的平淡事、家常语，于平静之中娓娓道来，生动刻画了一个坚强慈爱的母亲形象，流露出自己对妈妈的深切的爱与念。

此种细节描写在高明文中随处可见，如《人生的坐标》中作者在欢送大会上入伍表态时的紧张与激动，《勿以善小而不为》中琼·凯斯娜女士不忘小纸巾，《卖鸡蛋的小姑娘》那轻颤的嘴唇与无声的啜泣，等等，其感情的真挚，细节的典型，语言的感人，行动的逼真，暗寓情感的叙述议论，无不显示出作者对于情感表达艺术的成熟把握。

二、不经意处，意境悠长

文须有情，情必入境。意境作为中国古代文论独创的一个概念，从庄子的"振于无境故寓诸无境"、刘勰《文心雕龙》的"境玄意淡""余味曲包"至唐人司空图的"韵外之致""味外之旨"和宋人严羽的"别趣"等，终由王国维《人间词话》总其大成。

高明文于细节情感之外，便能渐入意境了。而此种意境多在文章结尾处，寥寥数笔，于不经意之间自然流出：

> 不知不觉，夕阳西下，一束束橙红色的光亮穿过梢林散射开来，身姿优美的梢林、白格生生的羊群、愈觉高大的石碑还有眼前这位"老长征"，都被笼罩在同一光彩中，极似一幅辉煌绝妙的油画。老人像一座丰碑一样耸立在那里，他默默地用大手抚摸着碑石，那神态，如同在抚摸战友的肩膀。（《南泥湾好地方》）

作者到南泥湾，在当年359旅保卫延安烈士碑前路遇当年"十万工农下吉安"的老红军，谈起往昔今日，老红军仍然是那样的耿直动情、爽朗自豪，而他对逝去战友的思念却超越了时空，久存于天地之间。此段结尾中油画、碑石、战友的肩膀等意象在橘色的夕阳中交织在一起，于不经意之间，给人留下无限的崇敬与感伤。再如：

> 精彩的电影放完了，村民们三五成群地散去了，老刘他们三个又出现帮我收拾放映设备了。我低声问老刘："你刚才到哪里去了？""我一直在那边你们看不到的地方听来，样板戏真好听。"老刘已摆脱了刚才的负面情绪，沉浸在电影情景里，久久回味。（《那年，放电影》）

作者作为部队放映员到赵家庄放电影，见到所谓的坏分子老刘，他虽然勤劳老实，却因得罪大队书记而被打入另类，在电影即将开演时被无情地驱逐出场，作者无限同情却又无能为力，只能在结束时稍加慰问，而此时的老刘却以自己的方式享受了电影，并沉浸在电影的情景中，久久回味。今天看来，或许有人会怒其不争，或许有人会言其无能，但是在一些特定的历史环境中，作为一个微小的个体又能如何呢？作者置身那个时代，回忆那个时代，再现那个时代，字里行间虽似"哀而不伤，怨而不怒"，然纸外却已令人情绪繁复、思绪无限了。

对于这种在文章结尾似不经意处营造意境之法，明代散文家归有光在其《文章指南》中名为"结末有余法"，并曰："人于结末处多忽略，谓文之工，不在尾，殊不知一篇命脉归束在此，须要言有尽而意无穷，如清庙三叹而有余音，方为妙手。"此法需结尾有弦外之音，能发人深思，所谓"文有压卷之笔"，意趣深微，妙在文字之外。由此可见，我们所谓高明文章的不经意处绝非信手拈来，而是经过深入历练，最终达到了一种似不经意而自有意境的境界。

三、淡泊清新，长于用典

高明文读来文从字顺，颇为淡泊清新，而此处所谓的淡泊清新绝非枯乏干瘪，而是华丽后所趋于的平淡，着墨不多，然情真毕现，正所谓"外枯而中膏，似淡而实美"（《东坡题跋》）。其中，长于用典是形成这种语言风格的重要因素：

> 圣哉！上苍钟临沂之毓秀，孔子登东山而小鲁；李杜赏秋水共被眠，康熙观妙景御诗篇。霁光祥云，天佛奇观。（《临沂赋》）

其中，我们可以看到，《孟子·尽心上》曰："孔子登东山而小鲁，登泰山而小天下，故观于海者难为水，游于圣人之门者难为言"，而此东山便为蒙山。而据《新唐书·文艺上》中《杜审言》附《杜甫传》所载，唐代天宝四年（745），"诗仙"李白和"诗圣"杜甫曾于蒙山共为忘年之游，流连山色，挥墨成篇，这些先哲名士之典都在此处自然入文，共耀山水。再如：

> 伴着春天的脚步，过了春分，清明就到了。《岁时百问》言："万物生长此时，皆清洁而明净。故谓之清明。"宋代吴惟信有诗写道："梨花风起正清明，游子寻春半出城。日暮笙歌收拾去，万株杨柳属流莺。"这时节散发着温润的春气，透着阳光融融的暖意，到处生机盎然，是一个充满祥和惬意气氛的日子。（《清明随感》）

《岁时百问》最早出现在明代彭大翼的《山堂肆考》卷十"清明"条，后清代富察敦崇编纂的《燕京岁时记》亦有提及，但其书已佚。而南宋诗人吴惟信在清明时节所作《苏堤清明即事》一诗，更是生动地再现了当时人们半城而出、日暮方归的清明春游踏青盛况。可见，无论是民间俗考还是文人雅事，高明都能以自己的视角与笔触自然融入文中，使文章雅趣盎然。

此种典故运用在高明文中比比皆是，如《心中的特里尔》一文中，作者在马克思故居前引用恩格斯《在马克思墓前的讲话》以寄崇拜之思，在《佛罗伦萨的诗意》中更是引用但丁、拜伦和雪莱等大家的诗篇，娓娓道来，如数家珍，这些都是与作者深厚的文学艺术修养分不开的。高明自幼博览群书，聪颖强记，善于思考与自我超越，在《书香伴我行》中他这样写道："多年来，我无法停止自己对于书籍一次又一次的触摸、翻动和思考。因为书籍已经成为我精神的伴侣，阅读已经成为我生活的必需，成为我生命的一部分。"正因为有这样深厚的学问功底，所以在行文当中他能信手拈来，时常用典。动人的故事，优美的诗句，加上作者用心灵所注入的真挚之情，自然贴切，文从字顺，恰如使盐入水，不仅能救文之平淡，更能使其文章语言极富淡泊清新、温润典雅之美。正如清代散文家姚鼐所云："故文章之境，莫佳于平淡，措辞遣意，有若自然生成者。"

总的来说，高明文章通过细节描写、结尾处理和典故运用等艺术手法的综合运用，体现出了其情自溢、意境悠长、淡泊清新的艺术特点，并最终融合生成其温润典雅君子文的总体艺术风格。刘勰在《文心雕龙·体性》篇中曰：

夫情动而言形，理发而文见，盖沿隐以至显，因内而符外者也。然才有庸俊，气有刚柔，学有浅深，习有雅郑，并情性所铄，陶染所凝，是以笔区云谲，文苑波诡者矣。

文中刘勰对文学作品风格与作家气质个性的密切关系的论述，重在阐明内情外动、雅郑有源之理，这足以从更深的气质个性层次上诠释高明此种文风形成的必然了。

搁笔之际，不禁再读高明文，其悼亡念存，怀今追昔，极挚之情，而抒以极淡之笔，睹物怀人，此妙笔人人所有，此意境人人所无，正如饮好酒，初入口时，只觉清淡可口，仔细品味，却又醇浓好吃，后力无穷；酒后茶余，尚觉余香满口，略有醉意，此即文章之大处、远处、疏淡处及温润典雅处，只可意会，实难言传！

（原载2012年第1期《东方青年》）

（作者系文艺评论家，文学、历史双博士后，现任山东交通学院教授、硕士研究生导师。）

后记

以文会友

在人生的开始，我希望生活是诗的样子；到最后，我仍然希望生活还是诗的样子。每每看到那些雅致的诗句，便忍不住向往其中的生活。

我原没有打算出这本书的。事情的缘起是前段时间朋友小聚，有文友向我提议："您过去热心为一些朋友特别是文学艺术界人士写过不少评论文章，现在比以前清闲了，为什么不收集整理一下出本书呢。"

开始我并没往心里去，闲暇时又想起此事，思忖再三，感觉文友的提议是有道理的。我认为这既是对过去的总结和追忆，也是对被采访者再次的褒扬和礼赞。

春华秋实，岁月静好的日子。收集和整理以往写过的一篇篇充满感情的文章，一张张亲切熟悉的面孔又出现在脑海中，让我想起一件件难忘事情带给我的美好回忆。

我经常讲我的人生中有三个重要情结：一是与生俱来的沂蒙情结；二是终生难忘的军旅情结；三是情有独钟的文化情结。特别是文化情结，我从小喜欢读书，热爱文学。我不满15周岁在临沂地区半导体器件厂当工人时，就成为厂"革委会"宣传组成员；参军后在部队放电影，当过团政治处文化干事和股长；从部队转业后，长期在市委宣传部工作，还曾兼任过市文学艺术界联合会主席。可以说干了一辈子宣传文化工作，也可以说与宣传文化工作结下了不解之缘。

回首过去的岁月，在工作和成长过程中，我接触认识了很多宣传和文学艺术界的领导、良师益友，得到他们很多关怀和指导帮助。有些甚至还影响了我的人生走向。

近些年来，我在工作之余，忙里偷闲，关注人的心灵，关注自己生存的现实，关注历史给人的启迪，关注人的主体性思考，使散文创作的宽度不断加大，深度不断加深，满怀激情地表达了自己对于历史、世界、人生的理解，在省内外报刊上发表了近200篇散文，其中有十余篇在全国各类征文比赛中获奖，被多家报刊转载。我从中选了116篇名曰《那年，放电影》《那年，看电影》结集成姊妹篇出版，在社会上引起较好的反响，受到广大读者的欢迎和好评。我想，这些文章也是我个体生命知性、智性的显现和表达。

"以文常会友，唯德自成邻。"十多年来，有不少文友真诚邀我为他们写点东西，还有的文友出新书时热情地请我作序或题跋。说句心里话，总感觉有些不妥，但朋友相邀，盛情难却，只好从命。其中，有些年轻一点的文友，希望得到肯定和支持，我想我作为一名党的老宣传文化工作者为他们写点东西是应该的。

我深知写好一篇好的文学评论不容易，因为一篇好的文艺评论就如一面镜子，能让读者读出评论者知识的深度、广度和感悟生活的能力，从而加深对作品的理解，提高对作品的认知。

因此，这就需要评论者自身应该具有一定的写作能力，并善于抓住文艺中的现象，进行分析、推理、判断、概括，从而得出事物的本质，写出不同于他人见解、有新意的文章来。

在为这些朋友和老师写文章的时候，首先要读他们的作品。我认识到，读别人，其实也在读自己，读真、读善、读美，最重要的是读懂怎样为人，做一个真正的人。梳理这些文章，有范围广、门类多、要求高的特点。在写作和评论对象中，有高官、将军、作家、书法家、画家和歌唱家等，还有从事宣传文化工作的基层工作人员。人居天南地北，年龄也有大有小。但从他们的成就中，我看得出他们的创作很有张力，很有生活经历和创作激情，他们对故乡有深刻的了解和深厚的感情，对人生有着深刻的感受和感悟，我想这是他们创作成功十分重要的方面。一句话，是生活成就了他们的创作。他们对生活的理解，对生活的热爱，同样反映在对文学艺术的追求上。他们把文化看作自己生命中一个重要的部分，以严肃认真的态度对待文艺创作，这一切使得他们的作品具有丰富的内涵。他们不是在用文字写作，而是在用自己的心血和生命写作，用自己一生的爱去创作。感谢生活，感谢文友和老师们，让我从中汲取了很多营养，学到了很多有益的东西。

因为，一个民族有一个民族的精神，一个时代有一个时代的文学。在每一个历史时期，中华民族都留下了无数不朽作品。那些凝聚了中国人共同经验和情感记忆的作品正是中华民族的史诗，是共同的经验、情感、记忆。归根结底，它们都指向一个来源，那就是最真实的生活。

大家知道文艺评论包括文艺批评、批评理论、文艺理论三个方面。我对每位文艺工作者、文艺成果的分析和研究以及对作品的思想内容、人物形象、艺术技巧、语言特色等方面的评论，从书中所收集的文章来看，有些写的是比较浅显的，没有写出众多文艺家在作品中的那种真挚、热爱、忧郁，那种在诉说、辩解、剖析时的战栗和激动，以及那种心灵的煎熬与疼痛和现实生命的激情。

十多年的时间漫长又急促。诸多话题仿佛熟悉又陌生，遥远又贴近。我和诸文友踏着时代前进的脚步，因共同热诚的努力付出，拥有今天的共同成长。

整理好这本书稿，已是深秋时节，看窗外云卷云舒，一片片秋叶在明媚的阳光下变得金黄满地，氤氲馨香。我想，最美不过夕阳红，我要一以贯之地认真学习，继续努力续写余生的绚烂与辉煌。

　　这本评论集得以成书，我要感谢诸多亲友的帮助和支持，特别要感谢老领导临沂市第十七届人大常委会党组书记、第一副主任、著名书法家朱绍阳先生为本书题写书名；老朋友光明日报社高级记者、著名散文家邢兆远先生为本书作序。

　　此为后记。

高　明

2017年11月7日立冬之日